CW01212815

COLLECTION FOLIO

Ian McEwan

Psychopolis

et autres nouvelles

*Traduit de l'anglais
par Françoise Cartano*

Gallimard

« Masques » a paru précédemment sous le titre *Premier amour, derniers rites*, aux éditions Henri Veyrier, dans une traduction de Françoise Cartano.

Mme Cartano, à l'occasion de la parution en Folio, a revu la traduction de cette nouvelle.

© *Ian McEwan 1975, 1978, 1991.*
© *Éditions Gallimard, 1997, pour la traduction française.*

Ian McEwan est né en Angleterre en 1948. Il a reçu le Somerset Maugham Award en 1976 pour son premier recueil de nouvelles, *Premier amour, derniers rites* réédité sous le titre *Sous les draps et autres nouvelles*, dont sont tirés les textes de cet ouvrage. Toutes ces nouvelles parlent d'amour, de son excès ou de son absence, du désir et de ses frustrations, de ses fantasmes, de ses délires sadiques ou masochistes... Le mal rôde sous le masque de la banale réalité quotidienne ; même les papillons à l'occasion deviennent sinistres... Depuis, Ian McEwan a publié, entre autres, *Le Jardin de ciment, Un bonheur de rencontre* qui a été adapté à l'écran, et *L'innocent*, tous accueillis par une presse enthousiaste. Publié en 1987 en Angleterre, *L'enfant volé*, l'histoire d'une enfant de trois ans qui disparaît au supermarché et dont le couple de ses parents ne survit pas à cette épreuve, a reçu le prestigieux Whitbread Novel of the Year Award et, en France, le prix Femina étranger 1993. Dans son roman suivant, *Les chiens noirs*, Jeremy décide d'écrire l'histoire de June et de Bernard Tremaine, ses beaux-parents, qui, après la Seconde Guerre mondiale, avaient d'abord partagé leur engagement communiste. Mais, à partir d'une mystérieuse confrontation avec le principe du mal, incarné par deux chiens noirs, June a eu la révélation d'une présence divine en elle et s'est retirée dans une bergerie du Larzac. Un doute crucial s'installe : June est-elle folle, mythomane ? Pourquoi sa hantise des grands chiens noirs ? En 1998, l'auteur a reçu le Booker Prize pour *Amsterdam*, roman à l'intrigue diabolique. Deux amis liés depuis trente ans battent la semelle au cimetière tandis qu'achève de se consumer leur ex-maîtresse Molly Lane, critique gastronomique et photographe bien connue : Clive Linley, compositeur célèbre, et Vernon Halliday, directeur de la rédaction d'un prestigieux journal londonien. Ils partagent la même hostilité envers un autre ancien amant de Molly, Julian Garmony, ministre des Affaires étrangères. À quel drame le plan monté par Vernon contre Garmony va-t-il aboutir ?

Insolites et insolents, provocateurs, hautement originaux, les ouvrages de Ian McEwan surprennent toujours, choquent parfois ; ils représentent un tour de force de concision et d'humour.

Découvrez, lisez ou relisez les livres de Ian McEwan en Folio :

L'ENFANT VOLÉ (Folio n° 2733)

LES CHIENS NOIRS (Folio n° 2894)

SOUS LES DRAPS ET AUTRES NOUVELLES (Folio n° 3259)

DÉLIRE D'AMOUR (Folio n° 3494)

AMSTERDAM (Folio n° 3728)

UN BONHEUR DE RENCONTRE (Folio n° 3878)

EXPIATION (Folio n° 4158)

SAMEDI (Folio n° 4661)

M. AMIS-I. MCEWAN-G. SWIFT : NOUVELLES ANGLAISES (Folio bilingue n° 135)

Masques

Mina la Mina. Douce et haletante aujourd'hui, avec ses épaisses lunettes, elle se rappelle sa dernière apparition sur scène. Elle était l'acariâtre Goneril à l'Old Vic, et ne s'en laissait pas compter bien que des amis aient dit que, déjà à cette époque, la Mina commençait à dérailler. Sauvée par le souffleur, paraît-il, pour l'acte I, invectivant un assistant de régie coupable pendant l'entracte, elle l'a griffé sous l'œil droit, de son ongle long et vermillon, lui balafrant la pommette. Le roi Lear — qui avait été anobli la semaine précédente, grand favori adoré du public qui ne va jamais au théâtre — s'interposa. Le metteur en scène s'en mêla en la frappant de son programme. Elle gratifia le premier d'un : «Courtisan de bas étage», et l'autre d'un : «Vulgaire maquereau à la manque», avant de cracher à la figure des deux. Puis elle joua encore un soir, histoire de laisser un peu de temps à sa suppléante. Pour sa dernière soirée au théâtre, quelle grande dame la Mina! Arpentant la scène avec majesté, dans le ton ou à côté de la plaque, mais fonçant hardiment dans un tunnel de vers blancs, le sein sans rembourrage palpitant fièrement au rythme de ses miaulements déclamatoires, quel courage ! En début de représentation elle lança négligemment une rose en plastique sur le premier rang et, lorsque Lear fit entendre sa voix, elle se livra à un savant jeu d'éventail qui déclencha quelques rires dans la salle. Le public, averti et sophistiqué, souffrait pour elle et sympathisait avec la mélodramatique outrance de son désespoir car il connaissait la situation de Mina et, au rappel final, il lui fit une ovation spéciale qui l'expédia en larmes vers sa loge, le dos de la main pressé contre le front.

Deux jours plus tard mourait Brianie, sa sœur, la mère d'Henry, et Mina confondant les dates persuada Mina pendant le repas funéraire, c'est la version qu'elle donna à ses amis : elle abandonnait la scène pour se consacrer au fils de sa sœur, alors âgé de dix ans, qui avait besoin d'une vraie mère, pour reprendre les termes qu'elle employa, auprès de ses amis : une Vraie Mère. Mina fut une mère plus vraie que nature.

Dans le salon de sa maison d'Islington, elle attira son neveu auprès d'elle, serra le visage boutonneux sur ses seins, à présent rembourrés et parfumés, geste qu'elle répéta le lendemain même dans le taxi qui les menait à Oxford Street où elle acheta un flacon d'eau de Cologne et un costume de petit lord Fauntleroy rehaussé de dentelles. Au fil des mois, elle lui laissa pousser les cheveux jusqu'à ce qu'ils lui recouvrent le cou et les oreilles, une audace pour le début des années 60, et elle l'incita — ce qui constitue le sujet même de cette histoire — à se changer pour le dîner. Elle lui apprit à préparer son cocktail du soir, fit venir un professeur de violon, et aussi un maître de ballet, puis un couturier pour son anniversaire et ensuite un photographe à la voix poliment aiguë. Ce dernier vint réaliser une série de photos désuètes sur papier chamois, Henry et Mina déguisés, posant devant la cheminée, et tout cela, disait Mina à Henry, tout cela était excellent pour son éducation.

Quelle éducation? Henry ne se posa pas la question et ne la posa pas à Mina. Peu porté à la susceptibilité ou à l'introspection, il possédait une dose de narcissisme qui lui faisait accepter les changements de vie avec l'indifférence de celui pour qui tout revient toujours au même. À savoir en l'occurrence que sa mère était morte et que son image en six mois était devenue aussi insaisissable qu'une étoile vacillante. Mais il y avait les détails, qu'il interrogeait. Lorsque le photographe, en déplaçant beaucoup d'air, avait remballé son trépied et pris congé, Henry, après l'avoir reconduit à la porte, demanda à Mina : « Pourquoi cet homme a-t-il une drôle de voix ? » Il se contenta néanmoins d'une réponse dont il ne comprit pas le sens : « Je crois, chéri, que c'est parce qu'il est homo. » Les clichés ne tardèrent pas à arriver sous forme de pesantes enveloppes tandis que Mina courait dans tous les sens, fouillait la cuisine à la recherche de ses lunettes, poussait des gloussements tout en déchirant le papier kraft de ses doigts. Les photos étaient dans un cadre ovale et doré, elle les fit passer à Henry par-dessus la table. Le brun du tirage s'estompait progressivement vers l'extérieur jusqu'à disparaître complètement, comme une fumée, précieuse et irréelle, avec, là, Henry, impassible et évanescent, le dos bien droit et une main délicatement posée sur l'épaule de Mina. Elle était assise sur le tabouret de piano, les jupes déployées en corolle, la tête un peu rejetée en arrière, avec une moue qui se voulait distinguée et un chignon noir fixé sur le bas de la nuque. Mina riait, ravie, et en voulant attraper son autre paire de lunettes pour voir les photos sans devoir prendre de recul, elle faucha au passage le cruchon de lait, ce qui la fit rire de plus belle après un bond en arrière sur sa chaise pour éviter les filets blancs qui dégoulinaient entre ses jambes. Entre deux rires : « Qu'est-ce que tu en penses, chéri? Elles ne sont pas super? — Si, je crois qu'elles sont bien », dit Henry.

Excellent pour son éducation? Mina ne s'interrogea pas non plus sur le sens de ses paroles, mais si tel avait été le cas, la réponse aurait eu trait au théâtre, comme toujours avec Mina. En représentation permanente, même lorsqu'elle était seule, sous le regard d'un public à qui elle dédiait tous ses actes — une espèce de surmoi — elle avait garde de le décevoir, de se décevoir, de sorte que lorsqu'elle s'écroulait d'épuisement sur son lit avec un gémissement, ce gémissement avait une forme, il disait quelque chose. Et le matin, dans sa chambre, quand elle s'installait pour se maquiller devant le miroir entouré d'une série d'ampoules nues disposées en fer à cheval, elle sentait un millier de regards dans son dos et, sereinement, menait chaque geste à son terme, consciente de son caractère unique. Henry n'était pas de ceux qui voient l'invisible et il se méprenait sur le compte de Mina. Mina qui chantait ou Mina qui faisait de grands moulinets de bras en exécutant une série de pirouettes dans la pièce, Mina qui achetait des ombrelles et des déguisements, Mina qui imitait l'accent du laitier devant le laitier, ou simplement Mina qui arrivait dans la salle à manger avec un plat qu'elle tenait le plus haut possible de ses bras tendus, en sifflotant une marche militaire et en battant la mesure avec les étranges chaussons de danse qu'elle portait toujours — Henry avait l'impression que tout cela lui était destiné. Il était mal à l'aise, vaguement malheureux — fallait-il applaudir, était-il censé faire quelque chose, entrer dans le jeu pour que Mina n'imagine pas qu'il boudait? Il lui arrivait d'ailleurs de se laisser gagner par l'humeur de Mina, de tenter une entrée plus ou moins maladroite dans le délire de quelque cérémonie démente en œuvre dans la pièce. Quelque chose alors dans le regard de Mina suffisait à le mettre en garde : il n'y avait pas place pour deux sur la scène, et il ne lui restait plus qu'à diriger ses pas vers le siège le plus proche.

Certes elle l'étouffait, mais pour le reste elle n'était pas méchante, le goûter était toujours prêt quand il rentrait de l'école, avec de petites gâteries, des choses qu'il aimait bien, des gâteaux à la crème ou des brioches chaudes, et ensuite, on passait à la conversation. Mina lui faisait des confidences et le récit de ses impressions de la journée, plus épouse que tante en la circonstance, elle parlait la bouche pleine et avec un débit rapide, en laissant tomber des tas de miettes tandis que le dessus de sa lèvre supérieure s'ornait d'une demi-auréole graisseuse.

« J'ai vu Julie Frank au déjeuner, aux Trois Barriques, qu'elle éclusait d'ailleurs consciencieusement avec son espèce de jockey ou d'entraîneur, ou que sais-je, ils vivent toujours ensemble sans parler de mariage, mais c'est une sale garce, Henry. "Julie, j'ai dit, que signifient toutes ces histoires que tu colportes sur Maxine qui aurait avorté ?" Je t'en avais parlé, non ? "Quel avortement ? dit-elle. Ah oui ! ça... Enfin, Mina, c'était juste pour rigoler. — Pour rigoler ? j'ai dit. J'ai eu l'air parfaitement ridicule quand je suis passée là-bas. — Oh, vraiment ?" qu'elle a dit. »

Henry mangeait les éclairs en hochant doucement la tête, content après sa journée d'école d'être assis là à écouter une histoire, et puis Mina les racontait si bien, les histoires. Ensuite, avec la seconde tasse de thé, c'était au tour d'Henry de faire le récit de sa journée, ce dont il s'acquittait lentement, de façon plus linéaire, dans le genre : « D'abord on a eu histoire, puis chant, puis Mr. Carter nous a emmenés nous balader à Hampstead Hill parce qu'il disait qu'on était tous en train de s'endormir, après c'était la récréation, et puis on a eu français et ensuite rédaction. » En fait le récit durait plus longtemps à cause des interventions de Mina : «L'histoire, c'était ma matière préférée, je me rappelle...» ou «Hampstead Hill est le point culminant de Londres. Attention de ne pas tomber de là-haut, chéri!» et la rédaction, il l'avait là? Il allait la lire? Minute, il fallait qu'elle s'installe bien, voilà, il pouvait y aller. Cherchant des excuses dans sa tête et sans le moindre enthousiasme, Henry sortait de son cartable le cahier qu'il ouvrait soigneusement, et il se mettait à lire avec la voix monotone d'un robot gêné : «Personne dans le village n'approchait jamais le château du Pic Noir à cause des cris épouvantables qu'on y entendait à minuit...» À la fin Mina tapait des pieds, applaudissait à tout rompre, criait comme un spectateur en fond de salle, levait sa tasse : «Il faut que nous te trouvions un éditeur, chéri.» C'était son tour à présent, elle prenait le texte et le relisait en y mettant le ton, avec hurlements aigus et bruitage à base de cuillers entrechoquées, jusqu'à le persuader que son histoire était excellente, fantastique.

Ce goûter-confession pouvait durer deux heures; à la fin, ils regagnaient leurs chambres respectives, c'était l'heure de s'habiller pour dîner. Passé septembre, Henry trouvait le feu allumé dans sa chambre où une lueur rouge et palpitante tordait les ombres des meubles sur les murs. Son costume ou son déguisement, selon ce qu'il plaisait à Mina de lui voir porter ce soir-là, était prêt sur le lit. Les préparatifs pour le dîner. Deux heures environ qui laissaient à Mme Simpson le temps d'entrer avec sa clé personnelle, de préparer le repas et de repartir, à Mina de prendre son bain et de rester allongée avec de grosses lunettes noires sous son soleil artificiel, à Henry de faire ses devoirs, lire ses vieux livres, jouer avec son bric-à-brac. Mina et Henry dénichaient ensemble de vieux livres et de vieilles cartes dans les échoppes humides des bouquinistes proches du British Museum, ils glanaient diverses vieilleries aux puces de Portobello ou de Camden, ou dans les boutiques style « Ici on achète tout — on vend tout », de Kentish Town. Une brochette d'éléphants aux yeux jaunes, disposés en rang d'oignons et sculptés dans le bois, un train mécanique en fer-blanc peint, toujours en état de marche, des marionnettes sans ficelles, un scorpion marinant dans un bocal. Et aussi un théâtre pour enfants datant de l'époque victorienne, avec un petit fascicule donnant de courtoises instructions permettant de jouer à deux quelques scènes des *Mille et Une Nuits*. Pendant deux mois ils avaient fait évoluer les figurines de carton dans les décors mobiles changeables en un tour de main, heurtant petites cuillers contre couteaux pour les combats à l'épée, mais Mina finissait par s'énerver à force de rester à genoux, et il lui arrivait même de se mettre en colère quand il oubliait une réplique — ce qui n'était pas rare — sauf qu'elle aussi se trompait, et alors ils riaient. Mina savait imiter toutes les voix : le méchant, le maître, le prince, l'héroïne, le plaignant, et elle essayait de lui apprendre à en faire autant, mais sans grand succès, alors ils riaient encore car Henry ne réussissait jamais qu'à émettre deux variantes de la même voix, grave ou aiguë. Mina se lassa du théâtre en carton, alors Henry l'installait maintenant tout seul devant la cheminée et, timidement, il faisait parler les personnages dans sa tête. Vingt minutes avant l'heure du dîner, il retirait ses vêtements d'école, faisait sa toilette, enfilait le costume prévu par Mina qu'il descendait rejoindre dans la salle à manger où elle l'attendait, déjà prête.

Mina récupérait costumes, déguisements, uniformes, vieux vêtements partout où elle pouvait, elle les remettait à la bonne taille, remplissant de cette façon trois penderies. Maintenant, il y avait Henry. Quelques costumes achetés dans Oxford Street, mais surtout du rebut : troupes de théâtre amateur mettant la clé sous la porte, spectacles de pantomimes tombés dans l'oubli, second choix chez les meilleurs costumiers. C'était son péché mignon, voyez-vous ; pour dîner, Henry portait un uniforme de simple soldat, la tenue de liftier d'un hôtel américain d'avant-guerre — il devait bien être grand-père le liftier a présent —, une espèce d'habit de moine, une tunique de berger sortie tout droit des églogues de Virgile, jadis montées en parfaite rythmie par les grandes élèves de terminale, dans une création ou adaptation de la responsable générale des élèves qu'avait été Mina, autrefois. Henry était dépourvu de curiosité, docile ; chaque soir il mettait la tenue qu'il trouvait au pied de son lit et allait rejoindre Mina en bas, qui l'attendait en tournure ou crinoline baleinée, en combinaison pailletée, à moins qu'elle ne soit devenue infirmière pendant la guerre de Crimée. Pourtant son attitude ne variait guère, elle ne jouait pas le rôle de son costume ni ne faisait aucun commentaire sur leurs tenues respectives, à croire qu'en fait elle voulait oublier tout cela pour savourer le repas, se détendre en buvant le verre que lui tendait son neveu, ainsi qu'il y avait été dressé. Henry prit le rythme, il aimait bien le long rituel du goûter et cette intimité organisée. Sur le chemin le ramenant de l'école, il commençait à s'interroger sur la tenue qu'il allait trouver préparée à son intention, avec le secret espoir de découvrir une nouvelle trouvaille sur son lit. Mais Mina était mystérieuse, elle ne profitait jamais du goûter pour le prévenir d'éventuelles nouveautés qu'elle lui laissait le soin de découvrir tout seul, souriant intérieurement pendant qu'il préparait son cocktail et se servait une limonade, debout dans une toge dénichée par elle, puis ils levaient leurs verres dans la vaste pièce, sans un mot. Elle le faisait pivoter sur place et prenait mentalement note des retouches nécessaires, puis elle se mettait à manger, entamant le bavardage habituel avec ses histoires de l'époque où elle jouait sur scène, ou des anecdotes concernant d'autres personnes. Tout cela était bien étrange, même si Henry n'y voyait rien que de très banal, l'agrément des soirées d'hiver.

Un après-midi, en remontant dans sa chambre, Henry ouvrit la porte et découvrit une fillette allongée à plat ventre sur son lit. Il fit un pas en avant, ce n'était pas une fille mais une espèce de robe de fête, avec une perruque de longs cheveux blonds, des collants blancs et des chaussons de cuir noir. Retenant son souffle il toucha la robe, froide, sinistrement soyeuse, qui froufrouta sous ses doigts quand il la souleva, rien que fronces et volants sur plusieurs épaisseurs, avec du satin blanc et des dentelles bordées de rose, plus un gentil ruban pendant dans le dos. Il la laissa retomber sur le lit, la chose la plus fifille qu'il ait jamais vue ! Il essuya sa main sur son pantalon sans oser toucher la perruque qui avait l'air vivante. Non, pas ces trucs-là, pas lui, est-ce que Mina voulait vraiment qu'il mette ça ? Il jeta un regard pitoyable sur son lit et empoigna les collants blancs : en tout cas, pas ça ! D'accord pour être un soldat, mais une fille, non, c'était forcément mal d'être une fille. À l'instar de ses meilleurs copains de classe, Henry ne s'intéressait pas aux filles dont il évitait les petites intrigues et manigances, les messes basses, gloussements et manies de se tenir la main, les billets doux et déclarations d'amour, non elles lui tapaient sur les nerfs, rien qu'à les voir. Henry arpenta tristement la chambre avant de s'installer à son bureau pour apprendre des mots de français : armoire *cupboard*, armoire *cupboard*, armoire *cupboard*, armoire... ? en jetant régulièrement un coup d'œil par-dessus son épaule, histoire de voir si les vêtements étaient toujours là, et ils y étaient. Vingt minutes encore avant l'heure du repas, non, impossible que ce soit vraiment bien, il ne pouvait pas enlever les vêtements qu'il portait pour mettre ceux-là, et pourtant, bouleverser tout le rituel vestimentaire, quelle horreur, d'ailleurs il entendait Mina chanter en sortant de la salle de bains : elle se maquillait dans la pièce à côté. Pouvait-il demander à mettre autre chose alors qu'elle avait passé sa journée dehors pour lui acheter cette tenue, qu'hier elle lui avait parlé du prix élevé des perruques de bonne qualité, difficiles à trouver de surcroît. Assis à un bout du lit, le plus loin possible des vêtements, avec l'envie de pleurer, pour la première fois depuis des mois sa mère lui manqua, la sécurité, la permanence qu'elle représentait, avec son métier de dactylo au ministère des Transports. Il entendit Mina passer devant sa porte pour descendre l'attendre en bas et se mit à défaire sa chaussure, et puis non, il ne voulait pas. Elle l'appela. Comme d'habitude. «Henry chéri, tu descends?» et il répondit assez fort pour être entendu : «Une minute!» Mais il était incapable de bouger, incapable de toucher ces trucs-là, il ne voulait pas, même pour faire semblant, avoir l'air d'une fille. Des pas, à présent, qui montaient les escaliers, elle venait voir, il retira une chaussure en guise de concession symbolique, il était coincé.

Elle entra dans sa chambre, habillée de pied en cap, il ne l'avait encore jamais vue porter une tenue d'officier, fringante, de coupe sobre, avec petites boucles sur les épaules et liséré rouge le long du pantalon, les cheveux tirés en arrière, gominés peut-être, des chaussures noires étincelantes et le visage lourdement masculinisé, avec une vague moustache. Elle arpenta la chambre. «Mais chéri tu n'as même pas commencé à te préparer, attends, je vais t'aider, il faut boutonner dans le dos de toute façon... » et elle se mit à lui défaire sa cravate. Debout, Henry était trop paralysé pour résister, elle lui retirait sa chemise avec une telle assurance, puis le pantalon, l'autre chaussure, les chaussettes et enfin, bizarrement, son slip. Est-ce qu'il s'était lavé ? Elle le prit par la main et le dirigea vers le lavabo qu'elle remplit elle-même d'eau chaude, elle lui débarbouilla le visage, l'essuya, et il fut happé dans une frénésie qui n'appartenait qu'à elle, un tourbillon. Il était donc planté au milieu de la pièce, nu, en proie à un rêve cauchemardesque pendant que Mina fouillait dans les vêtements éparpillés sur le lit pour trouver ce qu'elle cherchait, puis elle se tourna avec une paire de pantalons blancs et féminins à la main. En les voyant arriver, Henry dit tout bas : « Non ! » Elle se pencha à ses pieds. « Lève une jambe », demanda-t-elle d'un air enjoué en lui frappant un pied du dos de la main, tandis que lui, incapable de bouger d'un millimètre, restait planté là, effrayé par la note d'impatience qui perçait dans sa voix. « Allez, dépêche-toi, Henry, ou le repas va être froid. » Il avala sa salive avant d'articuler : « Non, je ne veux pas mettre ça. » Pendant quelques secondes elle demeura figée, le dos courbé, à ses pieds, puis elle se redressa, lui empoigna l'avant-bras avec une énergie renforcée par la volonté de pincer et le regarda droit dans les yeux comme si elle allait ne faire qu'une bouchée de lui. Il vit l'épaisse couche de maquillage capitonnant son visage, un vieux bonhomme, avec les cicatrices de pacotille bien dessinées, la lèvre inférieure qui barrait coléreusement la rangée de dents, alors ses jambes se mirent à trembler, puis tout son corps. Elle lui secoua le bras en sifflant «Lève une jambe» et elle attendit pendant qu'il amorçait le mouvement ordonné avec une sorte de soulagement qui se matérialisa par un mince filet d'urine coulant le long de sa jambe. Elle le ramena au lavabo, l'essuya d'un rapide coup de serviette et dit . ‹Bien», de sorte que, trop effrayé et humilié pour refuser, Henry leva une jambe, puis l'autre, pour se soumettre aux multiples épaisseurs de la robe, si froides sur sa peau, puis il baissa la tête pour le laçage, derrière. ensuite ce furent les collants, les chaussons de cuir et, pour finir, la perruque, très ajustée, une belle chevelure dorée qui encadra son visage avant de tomber librement sur les épaules.

Il la vit dans la glace, l'adorable petite fille écœurante de charme, et il détourna les yeux pour emboîter pitoyablement le pas à Mina, froufrou maussade dans l'escalier sur jambes encore flageolantes. Mina avait retrouvé sa gaieté, elle tournait en plaisanteries conciliatrices ses réticences de la soirée, parla de faire une balade quelque part, le parc d'attractions de Battersea peut-être et, en dépit de son trouble, Henry ne fut pas insensible au pouvoir que son apparence exerçait sur Mina, car à deux reprises pendant le repas elle se leva pour venir lui passer les bras autour du cou et l'embrasser en caressant du bout des doigts les cheveux synthétiques. «Tout est pardonné, tout est pardonné...» Plus tard Mina but trois verres de porto avant d'aller s'affaler dans le fauteuil, réclamant sa petite amie à la façon d'un soldat ivre, qu'elle vienne vite s'asseoir sur ce genou d'officier. Henry se tint hors de portée, avec de légères crampes de panique au niveau de l'estomac chaque fois qu'il pensait à Mina — pure méchanceté ou folie douce? impossible de dire, mais sûr que le jeu du déguisement perdait de son charme dans ces conditions, avec ce sentiment de contrainte qu'il éprouvait, sans oser contredire Mina, c'était obscur — sa façon de le forcer, le ton sifflant, il ne comprenait pas bien et décida de ne plus y penser. En fin de soirée, alors qu'il venait de se dérober aux tentatives de Mina pour l'attirer sur ses genoux, il rencontra à plusieurs reprises sa propre image dans les multiples miroirs de la pièce, reflets d'une jolie blondinette en robe de fête, et il se dit : « C'est pour elle, rien à voir avec la réalité, c'est pour elle, aucun rapport avec moi. »

Peur de cette chose en elle qu'il ne comprenait pas. Dans l'ensemble Henry l'aimait bien, elle était son amie, elle essayait de l'amuser plutôt que de le commander. Elle le faisait rire avec toutes les voix qu'elle imitait, et quand elle s'enflammait en racontant une histoire, ce qui arrivait souvent, elle la jouait entièrement pour lui, arpentant le salon de long en large. « Le jour où Deborah quitta son mari elle se rendit directement à l'arrêt de l'autobus... » Et Mina d'exécuter une petite marche avec balancement des bras, au beau milieu de la pièce... « Et c'est à ce *moment-là* seulement qu'elle se rappela qu'aucun autobus ne partait pendant l'heure du midi..." » La main en pare-soleil au-dessus des yeux, elle arpentait consciencieusement la pièce en quête d'autobus, puis l'autre main vint se placer devant la bouche, les yeux étaient écarquillés, la mâchoire pendante, le retour de la mémoire lui éclairant soudain son visage comme le soleil émergeant d'un nuage... « Alors elle rentra chez elle pour déjeuner... » La petite marche à nouveau... « et découvrit son mari attablé devant deux assiettes vides; il lui dit entre deux éructations : "C'est que je ne t'attendais plus, alors j'ai mangé ta part..." » Les poings sur les hanches, Mina roulait des yeux exorbités devant Henry qui se retrouvait dans la peau du mari attablé et se demandait s'il devait ou non entrer dans la comédie, s'adosser confortablement et roter un coup. Mais il se contenta de rire parce que Mina riait aussi à présent, comme elle le faisait toujours à la fin de ses histoires. Mina passait de temps à autre à la télévision, grand motif d'admiration pour Henry même s'il ne s'agissait que de spots publicitaires où elle incarnait généralement la parfaite ménagère, celle qui a la bonne marque de lessive, des rouleaux dans les cheveux et un fichu sur la tête, jacassant par-dessus le mur du jardin avec quelque voisine qui se penche pour lui demander le secret de ses draps que Mina lui révèle avec accent des faubourgs à la clé. Elle louait le poste, rien que pour les publicités, et ils s'installaient devant, programme en main, attendant l'arrivée du spot, riaient quand il était là, puis quand c'était fini elle éteignait. Il était fort rare qu'ils regardent une émission, mais pour le coup, c'étaient les comédiens, elle enrageait à l'avance : « Mon Dieu ! Mais c'est Paul Cook, je l'ai connu à l'Ipswich, il était balayeur à l'époque. » Et de bondir de son siège pour débrancher le poste avant d'aller à la cuisine tandis qu'Henry restait assis dans son fauteuil à regarder le petit rond blanc disparaître progressivement au milieu de l'écran.

Un après-midi, peu de temps avant Noël, arrivant de l'école en retard et frigorifié, il trouva, disposés par Mina à côté de son assiette à goûter, impossible de ne pas les remarquer, une pile de cartons blancs et lisses, où il lut, gravé en caractères minces à l'élégance sophistiquée : Vous êtes invité(e) à la soirée offerte par Mina et Henry. Tout le monde sera déguisé. RSVP. Henry lut plusieurs cartons, étonné de voir son nom en caractères d'imprimerie, puis il regarda Mina qui l'observait, une espèce de sourire pincé planant dans l'espace qui les séparait, prêt à s'épanouir, elle n'attendait que lui. Ému mais incapable de l'extérioriser dans la mesure où il se sentait épié, il se contenta d'un pitoyable : « C'est très gentil », ce qui était faux, ses sentiments étaient, en fait, bien différents, il n'était jamais allé à une soirée et n'avait jamais eu son nom sur un carton d'invitation. Mais quelque chose chez Mina rendait un tel aveu difficile, il fallait aller plus loin : « Déguisé, oui, mais quel genre de déguisement ? » Trop tard, Mina était déjà debout et riait pendant qu'il parlait, elle traversa la pièce avec la démarche affectée d'une ballerine tout en psalmodiant en mesure : « C'est très gentil ? gen-til ? gen-til ? gen-til ? » et fit ainsi le tour de la pièce avant de revenir à la table et à la chaise où il était assis, tandis qu'il la regardait, sans trop savoir où il en était. Elle vint derrière lui, lui ébouriffa les cheveux dans un geste de fausse tendresse — en fait elle les tirait —, et lui en mit plein la vue : « Mon cher Henry ce sera formidable, fantastique, affreux, mais certainement pas "gentil". Rien de ce que nous ferons jamais ne sera gentil », paroles qu'elle prononça sans cesser de lui tripoter les cheveux qu'elle tortillait entre ses doigts. Il se détourna pour monter et lui échapper, mais elle se laissa attendrir par le soudain égarement qu'elle lut dans le blanc de ses yeux qui regardaient vers le haut, faiblit et le serra dans ses bras avec une tendresse non feinte. « Ce sera le plus grand jour de notre vie, c'est tout l'effet que ça te fait ? Que penses-tu des cartons ? » Il reprit les bristols blancs et dit d'un ton sérieux : « Personne n'osera ne pas venir. » Sans plus de nuance malveillante dans la voix, elle lui raconta, tout en lui servant son thé, que les déguisements devaient être impénétrables, avant de se lancer dans des plaisanteries et anecdotes à propos des amis qu'elle allait inviter.

Après dîner ils restèrent à bavarder auprès du feu de charbon, Mina habillée dans le style « new-look » de l'époque des restrictions, Henry vêtu de son costume de petit lord. Elle demanda soudain après un long silence : « Et toi ? Qui vas-tu inviter ? » Il laissa passer plusieurs minutes sans répondre, en pensant à ses camarades de classe.

À l'école il était différent, tout était différent là-bas, il jouait à des jeux de poursuite, s'entraînait bruyamment au foot contre le mur, et en classe il empruntait certains mots et anecdotes de Mina qu'il s'appropriait; les professeurs le tenaient pour passablement précoce. Il avait beaucoup de copains, mais il allait de l'un à l'autre sans avoir de meilleur ami, comme certains. Et puis à la maison, tranquillement assis à suivre les péripéties dramatiques et les sautes d'humeur de Mina, attentif à ne pas manquer le détail clé, il n'avait jamais songé à réunir les deux volets, d'un côté l'espace, la liberté, les grandes fenêtres, les sols recouverts de lino, les longues rangées de portemanteaux pour accrocher ses affaires, de l'autre la densité, les objets dans sa chambre, deux tasses de thé et des jeux bizarres. Raconter sa journée à Mina c'était comme raconter un rêve au petit déjeuner, vrai et pas vrai à la fois, même qu'il finit par dire : « Je ne sais pas, je ne vois personne. » Comment imaginer les copains qui jouaient au foot avec lui dans la même pièce que Mina ? « Ne t'es-tu fait aucun camarade à l'école que tu puisses décemment amener à la maison ? » Henry ne répondit pas. Comment les obliger à se déguiser, trouver des costumes et ce genre de chose, ça n'irait pas, il en était sûr.

Elle ne lui reposa pas la question le lendemain, se contentant de révéler le flot de détails et d'idées qui lui venaient, vu qu'elle ne pensait à rien d'autre de la journée. Pour rendre les déguisements plus efficaces, les pièces seraient faiblement éclairées. « Même les meilleurs amis ne pourront pas se reconnaître. » D'ailleurs les déguisements devraient rester secrets, personne ne saura qui est Mina, elle pourra circuler, s'amuser, les laisser se servir à boire tout seuls et faire eux-mêmes les présentations — sous de faux noms bien sûr —, ce sont tous des gens de théâtre, les rois du déguisement, maîtres dans l'art de créer un personnage car c'est ainsi que Mina conçoit le talent du comédien, se créer une identité ou en d'autres termes un masque, un déguisement. Intarissable sur tous les détails, elle avait eu l'idée dans sa baignoire, bien sûr, rouges les ampoules électriques, et une recette spéciale pour le punch, de la musique exotique et peut-être ferons-nous brûler de l'encens. Puis les invitations furent expédiées, tout ce qui pouvait l'être fut organisé et, comme il restait encore deux semaines, Mina et par conséquent Henry cessèrent de parler du projet. Comme elle connaissait tous les costumes d'Henry pour les avoir achetés elle-même et qu'elle ne voulait pas le reconnaître le jour venu, elle lui donna de l'argent pour son déguisement, qu'il devait acheter tout seul et promettre de tenir secret. Après avoir passé tout un samedi à marcher, Henry le trouva dans un bric-à-brac près des stations de métro Highbury et Islington, au milieu d'appareils photo, de rasoirs cassés et de livres jaunis, une espèce de visage monstrueux à la Boris Karloff, en tissu, avec des trous pour les yeux et la bouche, que l'on passait sur sa tête comme un bonnet. Sous ses cheveux rêches et ébouriffés, il avait l'air amusé et surpris, sans faire peur cependant, le tout pour trente shillings.

annonça le marchand. Comme il n'avait pas son argent sur lui ce jour-là, Henry dit qu'il passerait le prendre le lundi en sortant de l'école.

Sauf que ce jour-là, il ne vint pas, ce jour-là il fit la connaissance de Linda, grâce à la disposition des tables de classe, groupées deux à deux par rangées de quatre, avec un couloir pour circuler. Henry, dernier arrivé dans la classe, était fier d'avoir un bureau à lui tout seul, conséquence logique de ce système, alors que les autres devaient partager. Ses cartes, ses livres et deux pantins occupaient les deux parties, et c'était bien agréable d'être installé au fond et de pouvoir s'étaler. Pour expliquer vingt-cinq pieds, l'institutrice avait dit que c'était à peu près la distance la séparant du bureau d'Henry, alors ils s'étaient tous retournés pour regarder, les autres élèves de la classe, et bien sûr il s'agissait de sa table à lui. Lundi, il y avait une fille, une nouvelle, assise à sa table à lui, en train de sortir ses crayons de couleur comme si elle était chez elle. En voyant le regard qu'il lui adressait, elle baissa les yeux et lui dit doucement mais sans soumission : « C'est la maîtresse qui m'a dit de m'asseoir là », et Henry fronça le sourcil, s'assit, dur de voir son territoire violé, et en plus par une fille. Pendant les trois premiers cours elle ne bougea pas, une non-présence à côté de lui, Henry regardait droit devant lui, car lui jeter un regard aurait été l'admettre, elle et ces filles à l'affût à qui rien n'échappe. À la récréation, il se leva avant les autres, évita ses copains en restant debout sous les escaliers à boire du lait et il attendit que tout le monde ait quitté la classe pour retourner lui libérer la moitié de la table qu'avec mauvaise humeur il débarrassa de son fouillis — le tendeur du train mécanique, quelques vieux chiffons et autre bric-à-brac — rangeant le tout dans deux grands sacs qu'il plaça, avec l'obscur sentiment d'être persécuté, derrière sa chaise à elle, car il tenait à ce qu'elle sache la gêne qu'elle lui occasionnait. Elle eut un petit sourire crispé en revenant s'asseoir, mais il affecta un entrain enjoué, quel simulateur! et garda ses distances, le regard lointain, en se frottant les mains.

Cependant la mauvaise humeur n'a qu'un temps, la curiosité s'empara progressivement de lui et il lui jeta quelques coups d'œil furtifs, puis d'autres, les aspects les plus frappants de son physique remuaient quelque chose en lui, par exemple les longs cheveux fins et dorés par le soleil qui tombaient sur ses épaules et la laine douce qu'elle portait, sa peau blanche comme du papier mais presque transparente, et puis son long nez sec et pointu aux narines dilatées comme celles d'un cheval, ses grands yeux gris craintifs. Sentant son regard encore posé sur elle, elle amorça un début de sourire du coin des lèvres, provoqua chez Henry un petit frisson de gêne, là, au creux du ventre, alors il détourna les yeux vers les premiers rangs de la classe, comprenant vaguement le sens de l'expression «elle est belle cette fille», alors que jusqu'à présent cette phrase lui avait toujours semblé une exagération digne de celle de Mina.

En grandissant on tombait amoureux, Henry le savait, d'une fille qu'on rencontrait, et c'est alors qu'on se mariait, mais à condition d'être tombé sur une fille qu'on aime, et comment une telle chose pourrait-elle lui arriver à lui, quand il ne comprenait rien à la plupart des filles? Elle pourtant..., il voyait son coude qui empiétait presque sur sa moitié de table à lui, elle était fragile, différente, il avait envie de toucher son cou ou de poser son pied à côté du sien, ou bien se sentait-il coupable, Henry, à cause de ces sentiments nouveaux, confus? Leçon d'histoire : tout le monde dessine une carte de Norvège et colorie des bateaux vikings, la proue orientée vers le sud. Il lui effleura le coude : «Je peux t'emprunter un crayon bleu? — Bleu pour la mer ou bleu pour le ciel? — Bleu pour la mer.» Elle lui trouva un crayon, lui dit qu'elle s'appelait Linda, et lui, serrant le crayon encore chaud d'avoir été tenu par elle, se pencha attentivement sur sa carte où il dessina soigneusement un halo bleu autour des côtes, et la mine semblait faire *Linda Linda* en crissant à dix centimètres de ses yeux. Et puis il se rappela : «Moi, je m'appelle Henry», murmura-t-il. Les yeux gris s'écarquillèrent davantage, pour s'en imprégner : «Henry? — Oui.» Effrayé par ses propres réactions il l'évita au déjeuner, s'assura d'une place à une autre table pour manger son repas, puis, dans la cour de récréation, il rechercha ostensiblement ses copains qui se moquèrent «Alors, t'as une petite amie?», à quoi il réagit par une mimique et un frisson de dégoût pour déclencher leurs rires et se faire accepter. Ils jouèrent au football contre le mur de la cour, Henry criait beaucoup et roulait des mécaniques, mais lorsque le ballon passa par-dessus le mur et qu'ils restèrent sur place à l'attendre, son esprit était déjà ailleurs, en classe, à côté d'une fillette. À son retour, il la trouva déjà installée et lui fit comprendre, d'un léger signe de tête, qu'il avait vu son sourire. L'après-midi, ennuyeux, se traîna en longueur, lui gigotait sur son siège sans trop savoir s'il attendait la fin ou voulait que ça continue, conscient de sa présence, à côté de lui.

Il s'agenouilla derrière sa chaise après la fin de la classe, faisant mine de chercher quelque chose dans les sacs, certain de ne pas la revoir jusqu'au lendemain matin. Elle, toujours assise à sa table, occupée à terminer un travail, ne remarquait rien, alors Henry froissa encore un peu les sacs avant de se relever, de s'éclaircir la voix pour lancer d'un ton bourru : «Bon ben, au revoir!» avec sa voix qui résonna dans la classe vide. Elle se leva, ferma son livre : «Je peux en porter un.» Empoignant l'un des sacs qu'il tenait, elle sortit la première et ils traversèrent ensemble la cour silencieuse, Henry guettant la présence éventuelle de copains à lui dans les alentours. Il y avait une femme à la porte de l'école, manteau de cuir et queue-de-cheval, jeune et vieille à la fois, qui se pencha vers Linda pour l'embrasser sur les lèvres. «Tu t'es déjà fait un ami?» dit-elle en regardant Henry resté quelques pas en arrière. Linda répondit simplement : « Il s'appelle Henry » puis, plus fort, pour lui : « C'est ma mère. » La mère tendit la main vers Henry, il s'avança et la serra, comme font les adultes. « Bonjour, Henry, est-ce qu'on peut vous déposer chez vous avec tous vos sacs ? » proposa-t-elle en désignant d'un vague mouvement du poignet la grosse voiture noire garée derrière elle. Elle posa les sacs sur la banquette arrière, suggéra que tout le monde monte à l'avant, ce qui fut fait, et Linda se blottit fort contre lui pour que sa mère n'ait pas de mal à passer les vitesses. On ne l'attendait pas tout de suite à la maison à cause du masque — il avait prévenu Mina qu'il serait en retard, accepta donc l'invitation à goûter et se serra contre la portière pour écouter Linda raconter à sa mère sa première journée dans la nouvelle école. Ils tournèrent dans une allée de graviers et s'arrêtèrent devant une grande maison en briques rouges, entourée d'arbres et, à travers ces arbres, la colline de Hampstead Heath descendait tout droit jusqu'à un lac que Linda montra du doigt alors qu'ils contournaient à pied la maison : « Le château, là-bas, on l'aperçoit juste entre les arbres, c'est Kenwood House. Eh bien, à l'intérieur, il y a des tas de tableaux anciens qu'on peut voir gratuitement. Ils ont même l'autoportrait de Rembrandt, c'est le tableau le plus célèbre du monde. » Henry se demanda : Et la Joconde alors ? mais n'en fut pas moins impressionné.

Pendant que sa mère préparait le thé, Linda emmena Henry pour lui montrer sa chambre, empruntant un grand couloir d'abord, avec d'épais tapis qui étouffaient le bruit de leurs pas, puis un vestibule au pied d'un grand escalier se séparant à mi-course en deux branches qui menaient au vaste palier, en forme d'immense fer à cheval avec d'un côté une horloge comtoise et de l'autre un coffre massif recouvert de gravures en cuivre. C'était le coffre du trousseau, lui expliqua Linda, dedans on mettait les cadeaux pour la mariée, il a quatre cents ans. Ils montèrent un autre escalier — est-ce que toute la maison leur appartenait? «C'était à papa, mais il est parti, alors maintenant c'est à maman... — Il est parti où? — Il voulait épouser quelqu'un d'autre à la place de maman, alors ils ont divorcé. — Et du coup il a donné cette maison à ta m... mère pour compenser.» Il n'arrivait pas à prononcer le mot «maman». Un vrai bazar avec un lit, la chambre de Linda, le sol jonché, l'entrée bloquée, landaus, poupées, habits de poupées, jeux entiers ou en pièces détachées, un grand tableau noir sur le mur, le lit défait, les draps qui traînaient au milieu de la pièce, l'oreiller plus loin, des flacons et des brosses devant une coiffeuse, le tout entre des murs roses, un univers de petite fille qui lui était étranger mais le fascinait. «On ne te demande jamais de ranger? — Ce matin on a fait une bataille de polochons. J'aime le désordre, pas toi?» Henry suivit Linda dans les escaliers pour redescendre — c'est toujours nettement mieux d'agir à sa guise. Si on trouve l'endroit où c'est possible.

Pendant le goûter, elle dit qu'il fallait l'appeler

Claire, la mère de Linda, et un peu plus tard, comme elle lui posait une question et qu'il lui répondait : « Non merci, Claire », Linda en avala de travers et s'étrangla, alors Claire et Henry lui tapèrent dans le dos, et ensuite ils ont continué à rire sans raison, même que Linda se cramponnait à Henry pour ne pas tomber à la renverse. Au milieu de tout cela, un homme de grande taille passa la tête par la porte de la cuisine, il avait d'épais sourcils noirs, il sourit, « Alors on s'amuse ! », puis disparut. Lorsque Henry enfila son manteau pour partir et demanda à Linda qui était le monsieur, elle lui dit que c'était Théo qui venait vivre avec elles de temps en temps, et elle ajouta tout bas : « Il dort dans le lit de maman. » Les paroles suivantes il les regretta au fur et à mesure qu'elles sortaient de sa bouche. Il demanda : « Pour quoi faire ? » et Linda se mit à pouffer dans le tas de manteaux suspendus. Ils s'installèrent à nouveau tous les trois sur la banquette avant, bien tassés les uns contre les autres, et bientôt Linda eut envie que tout le monde chante *Frère Jacques*[1], ce qu'ils firent tout le long de la route jusqu'à Islington, si fort que les gens dans les autres voitures les entendaient aux feux rouges et leur souriaient derrière la vitre. La chanson cessa brusquement quand Claire se gara devant la maison d'Henry, le calme tout à coup. Il tendit la main vers le siège arrière pour récupérer ses sacs en bredouillant de vagues « merci

---

1. Les mots en italique suivis d'un astérisque sont en français dans le texte.

pour... », mais Claire l'interrompit : aimerait-il venir dimanche prochain ? et Linda de crier qu'il faudrait qu'il reste toute la journée, bref tout le monde finit par parler en même temps, Claire pouvait passer le prendre en voiture s'il voulait, Linda l'emmènerait voir, c'était promis, les tableaux de Kenwood House, mais Henry devait d'abord demander à Mina, elle serait d'accord, c'était certain. Linda lui serra la main. « À demain à l'école », cris, grands signes d'adieu et les débuts d'un autre refrain recouverts par le vrombissement d'un camion qui passait, et elles le laissèrent avec ses sacs, sur le trottoir où il attendit un peu avant d'entrer.

Mina était assise à la table, la tête entre les mains, les préparatifs du goûter étalés autour d'elle. À son bonjour, elle ne se retourna pas, et lui, gêné, s'attarda dans le couloir, à retirer son manteau et à tripoter les sacs. Mina demanda tranquillement : « Où étais-tu passé ? » Regard sur l'horloge, six heures moins dix, il avait une heure trente-cinq de retard. « Je t'avais prévenue que j'aurai une heure de retard. — Une heure ? » Elle traîna sur chaque syllabe. « Eh bien, ça en fait pratiquement deux. » Il y avait un côté familier dans l'étrangeté même de Mina, il sentit ses jambes se dérober. À table, il se mit à jouer avec une cuiller en la faisant entrer de force dans le tunnel formé par ses doigts, jusqu'à ce que Mina inspire bruyamment par les narines. « Pose ça ! lança-t-elle sèchement. Je t'ai demandé où tu étais allé ? » La voix toute tremblante, Henry expliqua que la mère d'une camarade de classe l'avait invité à goûter. « Je croyais que tu allais chercher ton déguisement ? » La voix était douce. « Euh !... c'est ce que j'avais l'intention de faire mais... » Henry fixa les doigts écartés de sa main sur la table. « Et si tu allais chez quelqu'un, pourquoi est-ce que tu ne m'as pas mise au courant ? » Puis, à pleine gorge, elle hurla : « C'est pas fait pour les chiens le téléphone. » Tous deux se turent, la voix de Mina résonna pendant cinq bonnes minutes dans la pièce et lui carillonnait encore dans les oreilles lorsqu'elle dit calmement : « Tu t'en fiches, de toute façon. Allez, monte te changer. » Il savait qu'il y avait des choses qu'il pourrait dire pour tout arranger, mais les mots se dérobaient, il ne les trouvait pas, son esprit était exclusivement concentré sur ce qu'il voyait, les articulations de ses doigts et la texture du tissu en dessous mobilisaient toute son attention, il n'avait rien à dire. Quand il passa derrière la chaise de Mina pour aller vers la porte, elle se retourna pour l'attraper par le coude : « Et pas d'histoires cette fois ! » avant de le pousser vers la sortie. Arrivé en haut des escaliers, il réfléchit à ce qu'elle venait de dire, pas d'histoires, encore une nouvelle tenue délibérément humiliante pour le punir d'avoir été en retard et d'avoir rompu avec le rituel de l'après-midi. Il approcha de la fille soigneusement étendue sur le lit, la même que l'autre fois. Sans réfléchir, il retira ses vêtements, il ne voulait pas déclencher encore les foudres de Mina, tentation perverse d'en faire une étrangère, laquelle le terrorisait, il frissonnait de peur à présent, le contact froid du tissu sur sa peau, les collants blancs, sa hâte pour qu'elle n'aille pas croire qu'il hésitait. Les minces lacets de cuir lui donnèrent beaucoup de mal, ses doigts furent mis à rude épreuve dans l'opération, il ramassa la perruque et se planta devant la glace pour la placer correctement et, quand il releva les yeux, il en fut pétrifié, le même pincement au creux du ventre, elle était là dans la chambre, les cheveux lui tombant librement dans le dos, sa peau diaphane, son nez. Il prit le petit miroir sur le lavabo, regarda son visage sous tous les angles, les yeux n'étaient pas de la même couleur, un peu plus bleus les siens, et il avait le nez légèrement plus gros. Mais le premier coup d'œil! Il ressentait encore le choc causé par le premier coup d'œil. Il retira la perruque, grotesque, ses cheveux bruns et courts avec la robe de fête, il se mit à rire. Il remit la perruque, exécuta un petit pas de danse à travers la pièce, il était Henry et Linda en même temps, plus proches l'un de l'autre que dans la voiture, il était à l'intérieur d'elle à présent, comme elle était en lui. Il ne se sentait plus opprimé, il était libéré de la colère de Mina, devenu invisible à l'intérieur de cette fillette. Il se mit à brosser les cheveux de la perruque comme il l'avait vu faire à Linda en rentrant de l'école, vers le bas et les pointes d'abord pour ne pas les casser, lui avait-elle expliqué.

Il était toujours devant la glace lorsqu'elle entra dans la chambre tout à coup, vêtue du même uniforme d'officier, le visage encore plus dur que la fois précédente, elle le fit pivoter en le prenant par les épaules pour qu'il lui tourne le dos, puis elle attacha la robe par-derrière, en chantonnant doucement entre ses dents. Elle aussi peigna la perruque, puis elle lui passa la main dans l'entrejambe pour vérifier les dessous, et, satisfaite, elle lui fit faire un second demi-tour qui l'amena face à elle, et il se sentit à nouveau paralysé par la même peur en voyant de si près les lourds traits noirs de son visage maquillé et les paquets de cheveux raides et graisseux. Elle se pencha sur lui, l'attira contre elle, l'embrassa sur le front, dit : « Ça ira », puis le prit par la main pour descendre en silence, mais cette fois ce fut elle qui servit les boissons, deux verres pleins de vin rouge. Elle s'inclina, lui tendit le verre en claquant des talons et de sa grosse voix bourrue dit : « Voilà ma chère. » Il prit ce verre inhabituel, le long pied teinté était trop court pour la largeur de son poing, il le tint à deux mains. Dans les grandes occasions, Mina lui préparait un panaché en forçant sur la limonade. Adossée contre la cheminée, les épaules en arrière, tenant son verre au niveau de sa poitrine aplatie, Mina lança : « À la tienne », et elle but deux grandes gorgées : « Cul sec ! » Il trempa le bout de sa langue, réprima un frisson doux-amer, puis ferma les yeux pour prendre une gorgée qu'il expédia tout au fond de sa gorge d'un coup de langue rapide, échappant ainsi au goût du vin mais pas à l'espèce d'arrière-goût pâteux qui lui resta dans la bouche. Mina avait fini son verre et attendit qu'il ait fini le sien pour retourner le remplir au bar, puis elle mit le vin sur la table et commença à apporter les plats. Un peu ivre et dans un état second, il l'aida à apporter un plat, inquiet du silence de Mina. Ils s'assirent, Linda et Henry, Henry et Linda. Plusieurs fois au cours du repas, Mina leva son verre en disant : « À la tienne! », puis elle attendait qu'il en fasse autant pour boire et se leva une fois pour resservir du vin. Henry voyait les choses lui échapper, glisser sous ses yeux, partir à la dérive, se perdre tout en restant sur place, l'espace qui séparait les objets ondulait, le visage de Mina se dissociait, fluctuait, et les images se superposaient à la réalité, alors il se cramponna à la table pour stabiliser un peu la pièce et vit que Mina le voyait faire, il vit son sourire ébréché qui se voulait encourageant, il la vit sortir pour aller chercher le café et tanguer lourdement pour contrer le mouvement de la pièce dont les trois dimensions étaient soumises à diverses forces de traction, et s'il fermait les yeux... quand on ferme les yeux, on risque d'être précipité dans le vide, hors du monde qui bascule sous vos pieds d'abord. Pendant tout ce temps-là, Mina parlait, Mina voulait savoir quelque chose, à quoi il avait passé l'après-midi, ce qu'il avait fait dans l'autre maison, alors pour le lui raconter il mobilisa sa langue partie Dieu sait où, et entendit sa propre voix lui revenir timidement depuis la pièce à côté, il sentit son palais littéralement englué : « Nous et... on a emmené, elle nous a conduits... », avant de renoncer, vaincu par les exclamations intempestives de Mina, son rire, ses gloussements moqueurs, « Oh mais c'est qu'elle a un peu trop bu ma pauvre petite fille », et en disant cela, elle tituba vers lui, le prit sous les bras pour tout à la fois le porter et le traîner jusqu'à un fauteuil où elle l'attira sur ses genoux en le faisant pivoter de façon à l'avoir jambes pendantes sur le bras du fauteuil, la tête nichée dans le creux d'un de ses bras à elle, impossible donc pour lui de remuer les bras et les jambes en même temps, de se dégager, coincé comme dans un étau, du vrai travail de lutteur, elle le tenait bien serré contre elle, le visage écrasé entre les deux bords de sa vareuse déboutonnée, la tête lui tournait tellement, coincé comme il l'était, qu'il savait que tout mouvement brusque déclencherait une nausée tout aussi brusque. Mina semblait bien désirer cette fille dont elle pressa plus fort le visage contre ses seins, car il n'y avait rien sous la vareuse, rien que le visage d'Henry contre la peau rugueuse et légèrement parfumée de ses deux vieux tétons ramollis, et avec cette main qui lui serrait la nuque il ne pouvait rien faire pour échapper au tissu brun, il n'osait pas se dégager brusquement, il savait trop bien ce qu'il avait dans l'estomac, pas question de bouger d'un millimètre même lorsqu'elle se mit à chanter tandis que son autre main vagabondait dans les fronces de la robe et sur sa cuisse. « Il n'est pas de soldat sans fille, non, pas de soldat sans fille », dit-elle moitié chantant, moitié parlant, et sa voix se perdit dans le rythme de sa respiration qui devenait de plus en plus forte, de plus en plus profonde, et Henry, ballotté au gré de cette respiration, serré plus fort encore, ouvrit les yeux sur la pâleur gris-bleu des seins de Mina, gris et bleu, c'est ainsi qu'il imaginait le visage d'un mort. «Mal au cœur», murmura-t-il contre son corps et vlof! sa bouche évacua silencieusement une masse brun-rouge, le dîner et le vin mélangés en un beau gâchis qui créa une note de couleur sur la pâleur de mort qu'abritait la vareuse. Il glissa des bras de Mina qui ne le retenait plus et se retrouva par terre, la perruque de travers, des taches brunes et rouges maculant la fraîcheur blanche et rose de sa robe ainsi transformée en vulgaires oripeaux, alors il retira complètement la perruque pour dire d'une voix rauque : «Je m'appelle Henry.» Mina resta parfaitement immobile pendant quelques secondes, les yeux fixés sur la perruque échouée à même le sol, puis elle se leva, enjamba Henry pour prendre les escaliers et lui, depuis la pièce toujours en révolution autour de lui, l'entendit faire couler un bain, et il se contenta de rester à l'endroit où il avait atterri, observant la valse des dessins du tapis entre ses doigts, soulagé d'avoir vomi mais incapable de bouger.

Après son bain, Mina redescendit en robe de tous les jours, redevenue elle-même, elle l'aida à se mettre debout, l'emmena près du feu où elle délaça la robe qu'elle emporta à la cuisine pour la faire tremper dans un seau d'eau. Elle ramassa la perruque, lui prit la main pour l'aider à monter les escaliers en chantonnant à chaque marche comme s'il était un petit enfant, «et de une, et de deux et de trois et...». Arrivé dans sa chambre, il tangua sérieusement et resta appuyé contre elle pendant qu'elle lui enlevait le reste de ses vêtements, puis il trouva son pyjama tandis qu'elle parlait sans arrêt — sa première cuite, à elle... même que le lendemain elle ne se souvenait plus de rien, rien du tout, et Henry n'était pas trop sûr de ce qu'elle disait mais le ton de sa voix était agréable, c'était son ton à elle, comme sa robe. Il s'allongea sur le dos, la main de Mina posée sur son front pour que la pièce arrête un peu de tourner, tandis qu'elle chantait les paroles de la chanson de tout à l'heure : «Il n'est pas de soldat sans fille comme il n'est pas de lion sans crinière, elle lui murmure à l'oreille et d'un baiser chasse sa peine.» Elle lui caressa les cheveux, et lorsqu'il se réveilla le lendemain matin, la perruque était à côté de lui sur l'oreiller.

En ouvrant les yeux il pensa à Linda, à la douleur qu'il ressentait derrière les yeux, à l'étrange sensation que la matinée était déjà passée. En bas Mina dit : «Tu veux déjeuner? Je t'ai laissé dormir», mais il était habillé, prêt à partir à l'école et il prit son cartable au portemanteau, sortit, traversa la rue tandis que Mina lui criait de revenir, le vent humide lui soufflait librement dans les cheveux, la nuit passée était confuse mais, il en était sûr et certain, Mina y avait perdu quelque chose, qui lui permettait à présent de fuir aisément sa voix qui s'estompait au loin. Rejoindre Linda. À l'école il présenta ses excuses, une indisposition, il ne mentait pas d'ailleurs, la pâleur de son visage interdisait bien qu'on mette en doute ses propos. À son bureau, pour le premier cours de l'après-midi, elle l'attendait en souriant et, quand il arriva, elle avait un petit billet à lui faire passer, un bout de papier disant : «Tu viens dimanche?» Il retourna la feuille et écrivit «Oui» de l'autre côté, avec le même sentiment de liberté que lorsqu'il avait fui le matin, puis il tendit le mot sous la table pour qu'elle vienne le prendre avec sa main qui enlaça la sienne, ne bougea pas pendant quelques secondes, serra plus fort et s'en alla. Au creux de l'estomac, le même pincement et, dans le bas-ventre, le sang qui s'agite sous la peau prépubertaire, comme l'éclosion des fleurs au printemps, la poussée entre les plis de ses vêtements, et le billet tomba par terre, incognito.

Pouvait-il lui parler de l'image renvoyée par le miroir, Henry et Linda confondus par les apparences, la façon dont ils ne faisaient qu'un, le sentiment de liberté alors qui le fit danser avant l'arrivée de Mina, il avait envie de lui expliquer tout ça, et le reste aussi, avec Mina. Mais par où commencer? Comment expliquer des jeux qui ne sont pas vraiment des jeux? Au lieu de cela, il lui parla du masque qu'il devait acheter cet après-midi, une sorte de monstre, «mais pour faire rire plutôt que fuir», et du coup il parla aussi de la fête donnée chez eux, son nom sur le carton d'invitation à côté de celui de Mina, tout le monde déguisé, personne ne sait qui tu es, chacun peut faire ce qu'il veut parce que ça n'a pas d'importance. Ils étaient dans la cour, vide après le départ des autres, occupés à se bâtir des histoires sur les choses que l'on peut faire quand personne ne sait qui vous êtes. Est-ce qu'elle avait envie de venir? Oui, elle aimerait beaucoup. Sa mère traversait la cour pour venir les rejoindre, elle embrassa Linda, posa la main sur l'épaule d'Henry, et ils allèrent ensemble à la voiture. Linda parla à sa mère du masque d'Henry, de la soirée chez lui, et Claire lui dit qu'elle pouvait y aller, ça avait l'air amusant. Ils se dirent au revoir.

Il arriva à la boutique tout essoufflé, aucune envie de rentrer encore en retard, à cause de Mina. L'homme derrière le comptoir pratiquait, avec les petits garçons, une jovialité déplaisante. «Y a pas le feu!» répondit-il, lorsque Henry, après être entré dans sa boutique, et tâchant de lui faire comprendre que c'était urgent, lui dit rapidement : «Je viens pour le masque». Le marchand se pencha lentement au-dessus du comptoir, les lèvres frémissantes sous la pression de la plaisanterie qu'il ne put retenir plus longtemps : «C'est drôle, je croyais que tu l'avais sur la tête», et observant le visage d'Henry, il attendit que son rire vienne se mêler au sien. Henry lui adressa un sourire : «Vous aviez dit que vous alliez me le garder. — Voyons», il consulta ostensiblement le calendrier, «si je ne me trompe pas...». Il retint son souffle avant de poursuivre d'une voix traînante : «Si je ne me trom... pe pas..., aujourd'hui on est mardi.» Regard radieux à Henry sous les sourcils levés, épiant l'inquiétude sur le visage de son client. «Est-ce que vous l'avez encore?» et les sourcils toujours levés, un doigt en l'air, le clown sinistre qui ne fait rire personne répondit : «Ah! voilà la question, est-ce que je l'ai encore?» Tandis qu'Henry commençait à comprendre les mécanismes de la violence, le bonhomme fouilla sous son comptoir. «Voyons, voyons, qu'est-ce que c'est que ça?» et il sortit le masque, le masque d'Henry. «Vous pouvez me faire un paquet, vous comprenez, c'est censé être une surprise.» L'homme était vieux et Henry, qui s'en rendait compte seulement maintenant, eut quelques remords. Le marchand enveloppa soigneusement le masque dans deux épaisseurs de gros papier kraft et lui trouva un vieux filet pour le porter. Il se taisait à présent — Henry aurait préféré qu'il continue ses mauvaises plaisanteries, celles-là, au moins, il les comprenait. Il ne prononça qu'un seul autre mot : «Voilà», en tendant le paquet à Henry, par-dessus le comptoir. Henry dit au revoir en sortant, mais le vieil homme était déjà reparti dans l'arrière-boutique, il ne l'entendit pas.

Mina ne fit aucun commentaire sur la soirée de la veille, elle lui coupa des tranches de gâteau et parla beaucoup et vite, faisant une seule petite allusion humoristique à la façon dont il était parti le matin, elle était redevenue elle-même. Dans la cuisine, Henry aperçut la robe dans un seau d'eau, comme un poisson rare, mort. Il parla avec réticence. «Cette amie à moi, sa famille m'a invité à passer la journée de dimanche avec eux.» Mina, distante : «Vraiment, est-ce que je connais ton ami? Pourquoi ne l'invites-tu pas à la soirée? — C'est déjà fait et ils veulent que j'y aille dimanche. » Pourquoi était-il tellement important de laisser planer un doute quant au sexe de son amie? Mina répondit évasivement : « On verra », mais il ne la lâcha pas et la suivit dans la cuisine : « Oui, mais il faut que je donne une réponse demain », et les accents de sa voix exigeaient cette réponse du silence qui s'installait. Elle sourit, repoussa gentiment la mèche qui lui tombait sur les yeux et dit, résignée et amicale : « Je crois que la réponse est non, chéri. Pense aux devoirs que tu n'as pas faits hier soir. » Et elle le poussa en douceur vers le pied des escaliers où il fit un pas de côté. « Mais ils m'ont dit de venir, et moi j'ai envie d'y aller. » Mina, allégrement : « Je crois que c'est impossible, chéri. — Mais j'ai très envie d'y aller. » Elle retira la main de son épaule, s'assit sur la dernière marche, le menton entre les mains, et elle resta songeuse un long moment puis : « Alors moi, je suis censée faire quoi le dimanche pendant que tu t'en vas avec tous tes amis? » Renversement soudain, de demandeur qu'il était il devenait donneur, il était debout et Mina assise était à ses pieds, il n'y avait rien à dire, il avait l'esprit engourdi. Au bout de quelques secondes elle demanda : « Eh bien? » en lui tendant les mains, alors il approcha un peu, juste assez pour lui permettre de prendre ses deux mains entre les siennes et elle le regarda par-dessus ses lunettes, qu'elle retira, alors il vit la larme qui perlait au coin de l'œil. Il avait tort, il agissait très mal, quel terrible poids il portait sur le cœur à présent, comme si des gens pouvaient avoir tant d'importance ! Elle lui serra les mains un peu plus fort. « D'accord, dit-il, je vais rester. »

Elle voulut l'attirer plus près d'elle en le tirant par les bras, mais il dégagea ses mains d'une secousse et la contourna pour filer au premier étage. Il prit le costume marron sur le lit, le pendit au dossier de la chaise, s'allongea sur le dos, chassa l'image de Linda avec un sentiment de culpabilité. Mina entra, vint s'asseoir auprès de son épaule et le fixa intensément tandis que lui évitait son regard, ses yeux, il ne voulait plus les voir, alors elle resta là à tripoter le coin de la couverture qu'elle triturait entre le pouce et l'index. Quand Mina lui passa les doigts dans les cheveux, il se raidit intérieurement en attendant qu'elle cesse, il n'aimait pas sentir ses doigts si près de son visage, pas maintenant. « Tu es fâché contre moi, chéri ? » Il fit non de la tête, toujours sans la regarder. « Si, tu es fâché, je le vois bien. » Elle se releva et prit sur la table un morceau de bois brut qu'il essayait de sculpter depuis des mois, un espadon, il voulait en faire un espadon, mais il ne réussissait pas à donner puissance et souplesse au corps, alors ce n'était toujours qu'un vulgaire bout de bois, une représentation enfantine du Poisson. Mina le fit tourner plusieurs fois dans sa main, le regardant sans le voir. Sur le plafond, il voyait le grand escalier se séparant à mi-course en deux branches, Linda et Claire en pleine bataille de polochons dans la chambre, Claire voulait sans doute donner du courage à Linda pour sa première journée d'école et le grand type aux sourcils épais, il dormait dans le même lit que Claire. Mina dit : « Tu as vraiment très envie d'y aller, n'est-ce pas ? » Henry répondit : « Ça m'est égal, sérieusement, il n'y a pas de quoi en faire une histoire. » Mina fit tourner le morceau de bois dans sa main : « Si tu as envie d'y aller, alors vas-y. » Henry se redressa. Il était encore un peu jeune pour connaître les jeux bizarres auxquels se livrent parfois les adultes, et pas assez vieux pour renoncer à dire : « Bon, très bien, j'y vais. » Mina quitta la pièce, le puissant espadon toujours dans sa main.

Henry souleva le lourd marteau avant de le laisser retomber contre la porte blanche. Claire le guida dans l'obscurité du couloir jusqu'à la cuisine, « Linda passe la plupart de ses dimanches matin au lit », et ils se trouvèrent d'un coup plongés dans la lumière fluorescente de la cuisine. « Tu peux monter jouer avec elle, mais tu peux commencer par bavarder un moment avec moi en buvant quelque chose de chaud. » Il lui confia son manteau et tourna sur lui-même pour qu'elle puisse admirer son nouveau costume. « Il faut qu'on te trouve des vêtements pour jouer. » Elle lui prépara un chocolat chaud et il se laissa bientôt prendre à sa conversation, oubliant toute méfiance. Claire était contente qu'il soit ami avec Linda, c'est ce qu'elle disait, et elle lui raconta également que Linda parlait constamment de lui. « Elle a fait ton portrait à la peinture et au crayon, mais je sais qu'elle ne te les montrera pas. » Elle lui posa des questions sur lui, alors il lui parla des choses qu'il trouvait chez les brocanteurs, le théâtre en carton et les vieux livres, puis de Mina, son talent pour raconter des histoires, parce qu'elle avait fait beaucoup de théâtre, il n'en avait jamais autant dit d'une traite, il était prêt à tout lui raconter, l'histoire du déguisement et son ivresse, tout, mais il se retint, il ne savait pas trop comment s'y prendre et tenait à faire bonne impression, peut-être qu'elle ne l'aimerait plus s'il lui disait qu'il avait été complètement ivre, au point de vomir sur Mina. Elle lui apporta des vêtements pour jouer, un pull bleu clair et une paire de jeans délavés appartenant à Linda. Ça ne le dérangeait pas ? lui demanda-t-elle, et il sourit en répondant que non. Elle quitta la cuisine pour aller répondre au téléphone, en lui indiquant par-dessus l'épaule qu'il n'aurait aucun problème pour retrouver la chambre de Linda, et en reprenant le couloir sombre jusqu'à l'escalier il se demanda vraiment pourquoi il n'y avait pas d'éclairage sauf aux deux extrémités. Arrivé au premier palier, il s'arrêta près du grand coffre, suivit du doigt les gravures dans le cuivre, un cortège avec les gens riches devant, la famille des mariés peut-être, remplissant à eux seuls la rue et les trottoirs avec leurs costumes à traînes et froufrous, leurs dos raides et fiers, puis ensuite les gens de la ville, une foule anonyme où chacun tenait un verre de vin à la main, titubait et s'accrochait à son voisin, ivre et raillant ceux de devant. Tout près de lui, une porte ouverte, il regarda à l'intérieur, une chambre, la plus grande qu'il ait jamais vue avec un grand lit double au milieu qui ne s'appuyait sur aucun mur. Il avança de quelques pas, le lit était défait, en volcan, il discernait à présent un homme endormi, le nez dans l'oreiller, alors il s'arrêta net et s'empressa de revenir sur ses pas en refermant doucement la porte derrière lui. Il se souvint des vêtements de Linda abandonnés sur le coffre, les récupéra et grimpa en courant vers sa chambre.

Elle était assise dans son lit, occupée à faire un dessin au crayon noir sur une feuille de carton blanc. Il était à peine entré qu'elle lui parlait déjà. « Pourquoi tu es si essoufflé ? » Henry s'assit au bord du lit : « J'ai couru dans les escaliers, j'ai vu un homme endormi dans une des chambres, on aurait dit qu'il était mort. » Linda laissa tomber son dessin qui atterrit par terre, et se mit à rire : « C'est Théo, je ne t'avais pas parlé de lui ? » Puis elle tira les draps sous son menton : « Je me réveille de bonne heure le dimanche mais je ne me lève jamais avant l'heure du déjeuner. » Il lui montra ses vêtements. « Ta mère m'a donné ça, où est-ce que je peux me changer ? — Ici, bien sûr, il y a un cintre à tes pieds, tu pourras ranger ton costume dans l'armoire. » Elle tira encore un peu sur les draps, on ne voyait plus que ses yeux à présent qui le regardaient accrocher son costume et revenir s'asseoir à côté d'elle sans pantalon ni veston, et, à travers l'épaisseur des couvertures, il sentait sur ses jambes nues la chaleur du corps de Linda, il s'appuyait de tout son poids contre ses pieds, le regard fixé sur les cheveux blonds étalés sur l'oreiller en éventail. Ils se mirent à rire ensemble, sans raison, Linda sortit une main de sous les draps et le tira par le coude. « Pourquoi tu ne viens pas dedans ? » Henry se leva : « D'accord. » Elle plongea en gloussant sous les couvertures, le prévenant d'une voix étouffée : « Mais il faut d'abord que tu enlèves tous tes vêtements. » Il s'exécuta donc avant de grimper dans le lit où son corps plus froid fit frissonner Linda lorsqu'il s'allongea, la poitrine contre son dos à elle. Elle se retourna pour être face à lui, dans l'obscurité rose elle avait une odeur animale, laiteuse, et pour lui, son dimanche commençait et s'arrêtait là quand plus tard il le rappellerait à sa mémoire les battements de son cœur transmis à son oreille par l'oreiller, sa tête qu'il souleva une fois pour libérer les cheveux blonds, ensuite ils avaient parlé, de l'école surtout, sa première semaine là-bas, les camarades qu'ils connaissaient et les professeurs, il semblait impossible que la journée ait pu passer à autre chose, qu'il ait enfilé les jeans et le pull de Linda, déjeuné le midi, qu'ils se soient promenés au milieu d'une foule déambulant sans but dans Hampstead Heath, qu'il ait laissé Linda lui montrer les tableaux de Kenwood House, des dames froides et hautaines, leur improbable progéniture, et, debout devant le Rembrandt, il avait reconnu que c'était le plus beau tableau du pays et peut-être du monde entier, même si Linda n'aimait pas trop le fond noir autour des personnages, elle aurait voulu voir la pièce ; puis ils se sont assis dans le pavillon d'été de Samuel Johnson, sûr qu'il fut un écrivain célèbre mais qui écrivit quoi et quand ? Retraversée de Hampstead Heath avec la foule des gens, dans l'obscurité de l'hiver, il émerge des couvertures pour respirer un peu d'air frais et elle appuie sa tête contre sa poitrine où elle s'assoupit, et ils restent ainsi front contre front à somnoler pendant une demi-heure — était-ce arrivé pendant cette demi-heure de sommeil? une sorte de rêve prolongé. Le véritable événement ce fut bien cette demi-heure, ou plus peut-être, qu'ils avaient passée au lit; c'est du moins l'impression qu'il avait eue le soir, dans son lit à lui, chez lui.

Les choses ne se passèrent pas exactement comme il l'avait pensé, la réalité n'est jamais conforme à ce qu'on a prévu, enfin pas tout à fait, ainsi le jour venu, elle avait oublié les ampoules rouges et il était trop tard, les magasins étaient fermés, en plus la recette du punch se trouvait dans une enveloppe, pas le temps de la chercher maintenant, alors Mina acheta une caisse de bouteilles à la place, surtout du vin, dit-elle, parce que presque tout le monde aime le vin, avec deux bonbonnes de cidre pour ceux qui n'aimaient pas. Ce n'était pas un magnétophone, Henry n'en avait jamais vu, c'était le vieux tourne-disque emprunté au fils de Mrs. Simpson et les vieux disques de Mrs. Simpson. Quand il essayait d'imaginer ce que serait la fête, dans sa tête, il voyait la maison plus grande, les pièces étaient de véritables salles de bal dont la hauteur de plafond conférait aux invités la taille de nains, la musique arrivait de toutes parts, il y avait des déguisements exotiques, des princes étrangers, des vampires, des capitaines de navire et ainsi de suite, plus lui avec son masque. Mais, à présent que le premier invité n'allait plus tarder à arriver, les pièces avaient leurs dimensions habituelles, et — pourquoi pas? — la musique venait d'un coin de la pièce, tristement crachotante, les premiers invités étaient là, Henry leur ouvrit la porte avec son visage étonné, à trente shillings, et ils arrivaient déguisés en monsieur-tout-le-monde, mais s'agissait-il de déguisements? Avaient-ils lu le carton attentivement? Il était debout près de la porte qu'il tenait ouverte, sans rien dire, tandis que défilait le cortège, on le saluait de la tête au passage sans rien trouver d'extraordinaire à son masque semblait-il, un petit garçon anonyme qui tenait la porte, rien de plus, alors ils passaient par deux ou par quatre, riant et parlant avec retenue, ils se servaient à boire et leurs rires comme leurs discussions devenaient moins discrets, des hommes en costume gris, noirs, les mains au fond des poches, se balançant sur les talons tout en parlant, des femmes aux cheveux gris savamment crêpés qui tripotaient leur verre, ils se ressemblaient tous. Mina était en haut, méditant de descendre se fondre incognito à ses invités, il regarda autour de lui, elle pourrait bien être déjà là, mais il n'y avait aucune femme lui ressemblant, ni aucun homme. Il circula entre les groupes, il y avait toujours quelque chose de masculin, quelque chose de féminin, les hanches dans un cas, les épaules dans d'autres, un homme, petit, chauve et parfumé, le cou trop maigre pour l'encolure de sa chemise, un nœud de cravate aussi gros que son poing, se pencha vers Henry quand il passa, à la recherche de Mina : « Tu dois être Henry », la voix était fluette et râpeuse, « sûr que oui, je t'ai reconnu à l'expression de ton visage ». Il se redressa pour rire, non sans se retourner afin de voir si d'autres personnes avaient entendu son bon mot, alors Henry attendit, comme dans la boutique, il fallait toujours laisser aux autres le temps de placer leurs plaisanteries. Le petit homme chauve revint à Henry, il souhaitait se réconcilier et lui dit à voix basse : « Je t'ai reconnu à ta taille bien sûr, chéri. Sais-tu qui je suis ? » Henry fit non de la tête en regardant l'homme porter les doigts à son crâne, soulever la peau entre le pouce et l'index pour montrer non pas le cerveau ou l'os, mais des cheveux, des boucles noires toutes frisottées qu'il recouvrit bien vite avec la peau du crâne. « Tu devines maintenant ? Non ? » Ravi, visiblement ravi, il se pencha pour murmurer à l'oreille d'Henry : « Je suis ta tante Lucy », avant de s'éloigner. Lucy, l'une de ces tantes qui n'en sont pas, une amie de Mina qui venait prendre le café le matin et désirait intégrer Henry dans sa petite troupe de théâtre, elle proposait toujours, sans se laisser rebuter par ses refus, et Mina, par jalousie peut-être, ne voulait pas non plus, il n'y avait donc aucun danger. Au fait Mina, lequel de ces hommes aux hanches larges, laquelle de ces femmes à forte carrure était-elle ? à moins qu'elle ne soit encore en train d'attendre qu'ils aient tous bu un peu plus de vin ? Lui buvait du vin à travers son masque, en se souvenant de sa dernière première fois, la robe qui trempait dans un seau d'eau ensuite — où était-elle à présent ? Il avalait le vin d'une traite, à grosses gorgées pour ne pas sentir le goût, le dépôt pâteux sur les dents résistant au passage de sa langue, à la recherche de Mina, dans l'attente de Linda qui ne devrait pas tarder à arriver, non déguisée, il lui avait dit que ce n'était pas nécessaire puisqu'elle n'était pas connue, elle était étrangère et tous les étrangers sont forcément déguisés. Mais s'agissait-il bien d'une fête, avec tout le monde debout, parlant et plaisantant, circulant d'un groupe à un autre, personne n'écoutait le tourne-disque complètement noyé par les voix, personne ne changeait de disque, c'était comme ça dans les fêtes ? Il s'en chargea donc lui-même, voulut récupérer la pochette, pauvre lambeau en carton tout déchiqueté, lorsqu'une main lui saisit le poignet, une vieille main, et, levant les yeux, il vit un vieil homme, très vieux, une épaule voûtée, avec une bosse faisant à peine saillie sous la veste, le visage orné d'une barbe rachitique au poil clairsemé, et au-dessus des lèvres une tache grasse où il ne poussait rien du tout, et cet homme lui prit le poignet, le serra, puis laissa retomber sa main. « Pas la peine, personne n'entend de toute façon. » Henry fit face à son interlocuteur, empoignant son verre en signe de défense. « C'est un déguisement, est-ce que tout le monde est déguisé ? » L'homme montra son épaule mais il n'était pas vexé. « Comment réussirais-je à déguiser ça ? — Elle pourrait faire partie du déguisement, je veux dire, un rembourrage ou je ne sais pas, moi... » Henry traîna sur les dernières syllabes, sa voix se perdit dans le vacarme, l'homme lui tourna le dos et cria : « Tâtez, allez, tâtez et dites-moi si c'est du rembourrage ! » C'est comme avec le vin, ce genre d'opération peut se réaliser rapidement, on expédie le tout dans l'estomac en avalant d'un coup, il tendit donc la main et toucha le dos de l'homme, retira sa main et recommença lorsque ce dernier protesta que ce n'était pas suffisant pour dire s'il s'agissait ou non d'un rembourrage. Cette fois il palpa la bosse, Henry, souriant sous son visage d'horreur, le cheveu hirsute, les lèvres colorées gorgées de vin, petit monstre grimaçant qui tripote la bosse du vieil homme, à la fois dure et sans résistance, jusqu'à ce que le propriétaire se retourne satisfait, « On ne peut pas cacher une chose pareille », et traverse la pièce pour aller s'installer à l'autre bout, le verre à la main, souriant à tout le monde. Henry remplit son verre et but à son tour, errant entre les cercles de gens dont les voix s'élevaient puis se taisaient autour de lui, ces ruptures de la mélodie plaintive lui donnaient le tournis, besoin de s'appuyer sur la table, mais en attendant, où était Mina ? où était Linda ? Elles n'étaient pas parmi ceux-là, interchangeables à volonté, tous ces buveurs et ces bavards, en admettant qu'ils soient déguisés ils savaient bien qui ils étaient, ils n'avaient aucun mal à se parler, aucun problème à se poser quant à la possibilité de faire ce dont ils avaient envie, quand on n'est pas soi-même on n'en est pas moins quelqu'un et ce quelqu'un devra porter la responsabilité, la responsabilité, la responsabilité de quoi ? Henry se cramponna à deux mains au bord de la table. Quelle responsabilité ? À quoi pensait-il donc ? Encore du vin encore du vin, une sorte de réflexe nerveux le poussait à porter le verre à sa bouche toutes les dix secondes, pour se consoler d'être passé inaperçu, de n'être personne à une soirée d'adultes, rien qu'un petit garçon qui tient la porte ouverte quand les invités arrivent, et cette ambiance terne, si différente de ce qu'il avait imaginé, autant de raisons d'ingurgiter quatre verres de vin. À l'autre bout de la pièce, un homme se détacha d'un groupe, recula en titubant, le verre à la main, tomba dans un grand fauteuil qui se trouvait derrière lui et y resta en riant avec ses amis, lui en bas, eux au-dessus. Les mots se bousculaient dans la tête d'Henry comme des gros chiffres sur un tableau, Henry qui prenait lentement conscience du fait que, s'il lâchait la table, il allait se retrouver par terre. Est-ce le monstre qui tomberait ou Henry, à qui la faute, qui était le coupable ? La mémoire lui revint, pour être habillé comme quelqu'un d'autre et faire comme si on était ce quelqu'un d'autre, on n'en avait pas moins la responsabilité de ce qu'il faisait, ou de ce que nous, en tant que lui fait... faisons... ? Les gros chiffres passaient doucement, tout cela cachait quelque chose, quand Mina s'habillait pour le dîner, qui croyait-elle être lorsqu'elle faisait ce qu'elle faisait ? La robe dans le seau d'eau comme un animal marin, peu ordinaire, ils étaient dans la cour de récréation désertée à plaisanter sur ce qu'on pouvait faire déguisé, et Claire venait à leur rencontre, vieille et jeune à la fois, et l'officier de l'armée qui lui essuyait la jambe avec une serviette, l'homme dans le lit, le noir derrière la tête de Rembrandt, Linda là-bas avait dit qu'elle préférait, Linda là-bas, mais elle était là, Linda, à l'autre bout de la pièce, le dos tourné, avec sa cascade de cheveux comme Alice au Pays des Merveilles, trop de voix différentes pour qu'elle entende la sienne qui l'appelait, il ne pouvait pas lâcher la table. Et elle parlait à l'homme tombé dans le fauteuil, l'homme dans le fauteuil, l'homme dans le fauteuil, les gros chiffres à nouveau, l'homme dans le fauteuil attirait Linda sur ses genoux, Linda et Henry, lui debout devant le miroir de sa chambre se sentant libre, un petit pas de danse d'Henry et Linda, il attirait Linda sur ses genoux en la tenant fermement derrière la nuque, elle avait trop peur pour bouger, terrorisée, et elle ne pouvait plus bouger la langue, et qui l'entendrait au milieu de toutes ces voix? il déboutonnait sa chemise d'une main, l'homme dans le fauteuil, les voix crescendo faisaient un chœur dissonant, personne ne voyait rien, l'homme dans le fauteuil serrait le visage de Linda très fort contre lui, il ne voulait pas la lâcher, Henry pensa : à qui la faute? Lâchant la table il entreprit, mais d'un pas mal assuré et très lentement, avec le vin qui lui soulevait l'estomac, il entreprit donc la traversée de la pièce pleine de monde.

Pornographie

O'Byrne traversa le marché de Soho pour se rendre à la boutique de son frère, dans Brewer Street. Poignée de clients feuilletant les revues, et Harold, depuis la hauteur de sa plate-forme, dans l'angle, les surveillant à travers ses lunettes aux verres épais. Harold atteignait à peine un mètre cinquante et portait des chaussures à talonnette. Avant de devenir son employé, O'Byrne l'appelait l'Avorton. Près du coude d'Harold, un minuscule transistor égrenait d'une voix nasillarde les résultats des courses de l'après-midi. « Tiens, dit Harold avec une nuance de mépris, le frère prodige... » Ses yeux grossis par les loupes clignaient à chaque consonne. Son regard passa par-dessus l'épaule d'O'Byrne. « Toutes les revues sont à vendre, messieurs. » Mouvements de gêne chez les lecteurs, semblables à des rêveurs arrachés à leurs rêves. L'un d'eux reposa une revue avant de s'éclipser rapidement hors de la boutique. « Où étais-tu passé ? » dit Harold d'une voix plus tranquille. Il descendit de l'estrade, enfila son manteau, leva des yeux assassins vers O'Byrne, attendant une réponse. L'Avorton. O'Byrne avait dix ans de moins que son frère, qu'il détestait, lui et sa réussite, mais curieusement, aujourd'hui, il désirait son approbation. «J'avais un rendez-vous, il me semble, dit-il calmement. J'ai une chaude-pisse.» Harold était satisfait. Il leva le bras pour expédier une bourrade affectueuse dans l'épaule d'O'Byrne. «Ça t'apprendra», dit-il avec un gloussement théâtral. Un autre client sortit discrètement. À la porte, Harold rappela : «Je serai là à cinq heures.» O'Byrne salua le départ de son frère par un sourire. Enfilant ses deux pouces dans la ceinture de son jeans, il se dirigea négligemment vers le petit groupe de clients agglutinés. «Puis-je vous aider, messieurs? Ces revues sont toutes en vente.» Les intéressés s'égaillèrent devant lui comme volaille effarouchée, et il se trouva soudain seul dans la boutique.

Une femme replète, à la cinquantaine bien sonnée, posait nue, à part un masque à gaz et une petite culotte, devant un rideau de douche en plastique. Ses mains pendaient mollement le long de son corps et dans l'une d'elles se consumait une cigarette. L'Épouse du Mois. Depuis les masques à gaz et les protections en caoutchouc, écrivait JN d'Andover, nous n'avons plus connu que le succès. O'Byrne s'amusa un moment avec le transistor avant de l'éteindre tout à fait. Tel un métronome il tourna les pages de la revue et s'arrêta au courrier des lecteurs. Un puceau non circoncis, ignorant l'hygiène et devant fêter ses quarante-deux ans en mai, n'osait plus dégager le gland de son prépuce de peur de ce qu'il risquait de découvrir. Je fais des cauchemars à base de vers. O'Byrne se mit à rire et croisa les jambes. Il rangea la revue, revint au transistor, l'alluma et l'éteignit très vite après avoir saisi un bout de mot inintelligible. Il circula dans la boutique en replaçant correctement les revues sur les présentoirs. Il resta sur le pas de la porte, contemplant la rue mouillée que coupaient les bandes de plastique coloré du passage pour piétons. Il siffla inlassablement un air dont la fin faisait songer immédiatement au début. Puis il retourna vers l'estrade d'Harold pour passer deux coups de téléphone, l'un et l'autre à l'hôpital, en commençant par Lucy. Mais l'infirmière-chef Drew était occupée dans le service et ne pouvait pas venir au téléphone. O'Byrne laissa un message disant qu'il ne pourrait finalement pas la voir dans la soirée, comme prévu, et rappellerait demain. Il composa le numéro du standard de l'hôpital et demanda cette fois l'élève infirmière Shepherd, au service pédiatrie «Salut! dit O'Byrne lorsque Pauline prit le combiné. C'est moi.» Et de s'étirer en s'adossant contre le mur. Pauline était une jeune fille silencieuse, à qui il était arrivé de pleurer en regardant un film montrant les effets des pesticides sur les papillons, et qui voulait racheter O'Byrne par son amour. Elle riait à présent : «Je t'ai appelé toute la matinée, dit-elle. Ton frère ne t'a pas fait la commission?

— Écoute, dit O'Byrne, je serai chez toi vers huit heures.» Sur quoi il raccrocha.

Harold ne fut pas de retour avant six heures, et O'Byrne était presque endormi, la tête nichée dans le creux de l'avant-bras. Il n'y avait pas de clients. L'unique vente réalisée par O'Byrne avait pour titre *Américaine et salope*. « Ces revues américaines, dit Harold en vidant le tiroir-caisse de ses quinze livres, plus une poignée de piécettes, c'est de la bonne marchandise. » La nouvelle veste en cuir d'Harold. O'Byrne la palpait en connaisseur. « Soixante-dix-huit livres », dit Harold en se rengorgeant devant le miroir convexe. Ses lunettes lançaient des éclairs. « Elle est bien, dit O'Byrne. — Vachement bien, même », dit Harold qui se mit à fermer la boutique. « Faut pas compter sur les mercredis, dit-il avec une pointe de nostalgie tout en levant le bras pour brancher l'alarme. Le mercredi est un jour à la con. » O'Byrne était devant le miroir à présent, et il examinait une petite traînée d'acné qui partait du coin de sa bouche. « Tu l'as dit bouffi », confirma-t-il.

La maison d'Harold se trouvait au pied de l'immeuble de la poste, et O'Byrne y sous-louait une pièce. Ils marchèrent ensemble sans parler. De temps en temps, Harold lançait un regard oblique vers une vitrine obscure pour y saisir le reflet de son image, avec sa nouvelle veste en cuir. L'Avorton. O'Byrne demanda : « On a froid, dans ce truc? » et Harold ne répondit pas. Un peu plus tard, comme ils passaient devant un pub, Harold se débrouilla pour pousser O'Byrne à l'intérieur de la salle humide et déserte en disant : « Puisque tu as chopé une chaude-pisse, je t'offre un verre. » Le patron entendit la remarque et considéra O'Byrne avec intérêt. Ils burent trois scotchs chacun et, alors que O'Byrne réglait la quatrième tournée, Harold dit : « Au fait, une de ces deux infirmières avec qui tu fricotes a téléphoné. » O'Byrne acquiesça d'un signe de tête avant de s'essuyer les lèvres. Quelques secondes passèrent et Harold reprit : « Tu es bien loti... » O'Byrne opina de nouveau. « Ouais. » La veste d'Harold brillait. Lorsqu'il tendit le bras pour prendre son verre, le cuir grinça. O'Byrne ne lui dirait rien. Il claqua dans ses mains. « Ouais », répéta-t-il, et il s'absorba dans la contemplation du bar vide, par-dessus l'épaule de son frère. Harold fit une nouvelle tentative. « Elle voulait savoir où tu étais passé... — Ça ne m'étonne pas », marmonna O'Byrne, avant de sourire.

Pauline, petite et peu loquace, le visage pâle et exsangue, barré par une lourde frange noire, de grands yeux verts et attentifs, appartement petit et humide, partagé avec une secrétaire qui n'était jamais là. O'Byrne arriva après dix heures, un peu ivre, ayant besoin d'un bain pour chasser la légère odeur purulente qui lui collait depuis quelque temps au bout des doigts. Assise sur un petit tabouret de bois, elle le regardait s'épanouir. Elle se pencha une fois pour le toucher à l'endroit où son corps rompait la surface de l'eau. Les yeux d'O'Byrne étaient clos, ses mains flottaient de chaque côté de son corps, le seul bruit était le sifflement de plus en plus faible de la chasse d'eau. Pauline se leva silencieusement pour aller dans sa chambre chercher une serviette propre, blanche, et O'Byrne ne l'entendit ni partir ni revenir. Elle s'assit de nouveau et ébouriffa autant qu'elle put les cheveux humides et emmêlés d'O'Byrne. « Le dîner est fichu », dit-elle sans accuser personne. Des perles de sueur s'amassaient au coin des yeux d'O'Byrne et lui roulaient le long des ailes du nez, comme des larmes. Pauline posa sa main sur le genou d'O'Byrne qui émergeait juste de l'eau grise. La buée se condensait en eau sur les murs froids et les minutes passaient, absurdes. « Ce n'est pas grave, chérie », dit O'Byrne, qui se leva.

Pauline sortit acheter des bières et des pizzas, tandis qu'O'Byrne s'allongeait en attendant dans la chambre minuscule. Dix minutes s'écoulèrent. Il s'habilla après un examen rapide de son méat propre, mais gonflé, puis il tourna mollement en rond dans le salon. Rien ne l'intéressait dans la petite collection de livres de Pauline. Il n'y avait pas de revues. Il pénétra dans la cuisine pour trouver quelque chose à boire. Il n'y avait rien, qu'un pâté en croûte trop cuit. Il picora les parties brûlées qu'il mangea en feuilletant les pages d'un calendrier illustré. Arrivé à la fin, il se rappela qu'il attendait Pauline. Il regarda sa montre. Elle était partie depuis près d'une demi-heure. Il se leva rapidement, renversant la chaise de cuisine derrière lui. Il fit une pause dans le salon avant de sortir sans hésitation de l'appartement dont il claqua la porte. Il se hâta de descendre les escaliers, peu désireux de la croiser à présent qu'il avait décidé de partir. Mais elle était là. À mi-étage, un peu essoufflée, chargée de bouteilles et de paquets enveloppés dans du papier alu. « D'où tu viens ? » demanda O'Byrne. Pauline s'arrêta plusieurs marches en dessous de lui, la tête maladroitement basculée en arrière à cause des provisions, le blanc des yeux et le papier alu brillant dans l'obscurité. « L'endroit où je vais d'habitude était fermé. J'ai dû faire des kilomètres... désolée. » Ils étaient plantés l'un en face de l'autre. O'Byrne n'avait pas faim. Il avait envie de s'en aller. Il coinça ses deux pouces dans la ceinture de son jeans, leva la tête vers le plafond invisible, puis baissa les yeux sur Pauline qui attendait. « Bon, finit-il par dire, j'allais partir. » Pauline gravit les marches et en passant devant lui murmura : « Idiot. » O'Byrne fit demi-tour et la suivit, avec l'obscure sensation de s'être fait gruger.

Il s'appuya contre le chambranle de la porte, elle redressa la chaise. D'un mouvement de tête, O'Byrne indiqua qu'il n'avait pas envie de manger ce que Pauline était en train de disposer dans les assiettes. Elle lui servit une bière et se mit à genoux pour ramasser quelques miettes calcinées sur le plancher. Ils s'étaient installés dans le salon. O'Byrne buvait, Pauline mangeait lentement, ni l'un ni l'autre ne parlait. O'Byrne acheva toute la bière et posa la main sur le genou de Pauline. Elle ne réagit pas. « Qu'est-ce qui ne va pas ? », demanda-t-il joyeusement, et elle répondit : « Rien. » Vibrant d'agacement, O'Byrne se rapprocha et posa un bras protecteur sur ses épaules. «J'ai une idée, dit-il à voix presque basse. Si on allait au lit.» Tout à coup Pauline se leva et passa dans la chambre. O'Byrne resta les mains croisées derrière la tête. Il écouta Pauline se déshabiller, et il entendit le lit grincer. Il se mit debout et, toujours sans désir, entra dans la chambre.

Pauline était allongée sur le dos, et O'Byrne, après avoir ôté rapidement ses vêtements, vint se coucher à côté d'elle. Elle ne lui réserva pas l'accueil habituel, elle ne bougea pas. O'Byrne voulut lever le bras pour lui caresser l'épaule, mais sa main retomba pesamment sur le drap. Ils restèrent tous les deux sur le dos dans un silence de plus en plus pesant, jusqu'au moment où O'Byrne résolut de lui accorder une dernière chance en se dressant sur un coude avec des grognements non déguisés, pour amener son visage juste au-dessus du sien. Les yeux de Pauline, pleins de larmes, regardaient au-delà de lui. «Qu'est-ce qui ne va pas?» psalmodia-t-il avec résignation. Les yeux accommodèrent pour se fixer dans les siens. «Toi», dit-elle simplement. O'Byrne regagna sa moitié de lit et, après un instant, dit d'un ton menaçant: «Je vois.» Puis il se redressa, l'enjamba, passa de l'autre côté, et gagna l'entrée de la chambre. «Dans ces conditions...», dit-il. Il noua brutalement ses lacets, chercha sa chemise. Pauline lui tournait le dos. Mais comme il traversait le salon, l'ampleur et le rythme de ses supplications brisèrent son élan et il se retourna. Toute blanche, dans une chemise de nuit en coton, elle était là, à la fois sur le seuil de la chambre et en chaque point de l'espace qui les séparait, comme sur ces photos décomposant le mouvement d'un plongeur, elle était à l'autre bout de la pièce et elle était au creux de son épaule, à se mordre les doigts et à secouer la tête. O'Byrne sourit, la prit par les épaules. Il fut pris d'un élan de miséricorde. Accrochés l'un à l'autre, ils retournèrent dans la chambre. O'Byrne se déshabilla et ils se recouchèrent, lui sur le dos, Pauline la tête lovée au creux de son épaule.

O'Byrne dit : «Je ne sais jamais ce qui te passe par la tête» et, sur le puissant réconfort de cette pensée, il s'endormit. Une demi-heure plus tard, il s'éveillait. Pauline, épuisée par une semaine d'hôpital à travailler par tranches de douze heures, dormait profondément sur son bras. Il la secoua doucement : «Hé!» fit-il. Il y alla plus vigoureusement et, tandis que son rythme respiratoire se brisait et qu'elle se mettait à bouger, il dit dans une parodie laconique d'un film oublié : «Hé, il y a quelque chose que nous n'avons pas encore fait...»

Harold était excité. Lorsque O'Byrne entra dans la boutique, sur le coup de midi, le lendemain, il le prit par le bras et agita en l'air une feuille de papier. Il criait presque. «J'ai tout organisé. Je sais ce que je veux faire de cette boutique. — Ah ouais», répondit O'Byrne d'un ton morne, en se frottant les yeux avec ses doigts, jusqu'à ce que l'intolérable démangeaison sous les paupières se fût transformée en douleur supportable. Harold, lui, frottait l'une contre l'autre ses petites mains roses et expliqua rapidement : « Je passe sous licence All American. J'ai parlé au téléphone avec leur représentant, ce matin, il sera là dans une demi-heure. Je me débarrasse de toutes les merdes à une livre, genre je-lui-pisse-au-cul. Je vais prendre toute la gamme House of Florence à 4,50 £ l'unité. »

O'Byrne traversa la boutique jusqu'à l'endroit où la veste de cuir d'Harold était posée sur une chaise. Il l'essaya. Elle était évidemment trop petite. « Et j'appellerai la boutique Transatlantic Books », disait Harold. O'Byrne balança le vêtement de cuir sur la chaise, où il l'avait pris. La veste glissa et se retrouva par terre où elle s'affaissa comme la poche à air d'un reptile. Harold la ramassa sans cesser de parler. « Si je donne l'exclusivité à Florence, j'ai une remise spéciale, et en plus, gloussa-t-il de plaisir, c'est eux qui paient ce putain de néon. »

O'Byrne s'assit et interrompit son frère : « Et les foutues poupées gonflables, tu en as fait rentrer combien ? On a encore vingt-cinq de ces salopes en réserve. » Mais Harold était en train de servir deux scotchs. « Il sera là dans une demi-heure », répéta-t-il en tendant un verre à O'Byrne. « Super », dit ce dernier avant de boire une gorgée. « Je voudrais que tu prennes la camionnette pour aller chercher la marchandise à Norbury, cet après-midi. Je tiens à régler ça tout de suite. »

O'Byrne resta bouder devant son verre pendant que son frère sifflotait en s'activant dans la boutique. Un homme entra et acheta une revue. «Tu as vu, lança fielleusement O'Byrne alors que le client s'attardait devant les préservatifs à tentacules, il a acheté anglais, lui, non?» L'homme prit un air coupable et sortit. Harold vint s'accroupir près de la chaise d'O'Byrne et se mit à parler comme un adulte expliquant la copulation à un gamin. «Et ça me rapporte combien? Quarante pour cent de soixante-quinze pence. Soit trente pence. Trente malheureux pence. Avec la gamme House of Florence, j'ai cinquante pour cent de 4,50£. Voilà, dit-il en posant brièvement la main sur le genou d'O'Byrne, ce que j'appelle faire des affaires.»

O'Byrne agita son verre vide sous le nez d'Harold et attendit patiemment que son frère le remplît... l'Avorton.

Les entrepôts House of Florence étaient installés dans une église désaffectée qui se trouvait dans une rue de maisons mitoyennes à Norbury, côté Brixton. O'Byrne entra par le porche central. Un bureau avec salle d'attente avait été grossièrement aménagé en placoplâtre, dans la partie ouest. Les fonts baptismaux étaient devenus un vaste cendrier pour la salle d'attente. Une femme plutôt âgée, avec des cheveux aux reflets bleutés, était installée seule dans le bureau où elle tapait à la machine. Lorsque O'Byrne toqua à la vitre coulissante, elle commença par l'ignorer avant de se lever pour venir ouvrir le guichet. Elle saisit le bon de commande qu'il lui tendait, non sans le gratifier d'un regard ostensiblement dégoûté. Elle prit un air pincé pour dire : « Je vous prie d'attendre ici. » O'Byrne esquissa distraitement quelques pas de claquettes autour des fonts baptismaux, se recoiffa, siffla la rengaine qui fonctionnait comme un morceau sans fin. Soudain, un homme ratatiné, en manteau marron et tenant une planchette porte-papier, surgit à ses côtés. « Transatlantic Books ? » dit-il. O'Byrne eut un haussement d'épaules avant de le suivre. Ensemble ils parcoururent lentement les longues allées de rayonnages métalliques fixés par des boulons, le vieil homme poussant un grand chariot tandis qu'O'Byrne le précédait de quelques pas, les mains jointes dans le dos. Le manutentionnaire s'arrêtait tous les deux ou trois mètres et, non sans quelques halètements de mauvaise humeur, soulevait une lourde pile de revues pour la mettre sur le chariot. Le chargement de la palette augmentait. Le souffle du vieil homme se répercutait en échos rauques dans l'église. Au bout de la première allée, il s'assit sur le chariot, entre les piles biens nettes, et il se mit à tousser et à se racler la gorge dans un mouchoir en papier pendant une bonne minute. Puis, repliant soigneusement le kleenex sur les expectorations vertes pour remettre le tout dans sa poche, il dit à O'Byrne : « Vous êtes jeune, vous. Poussez donc ce truc. » Et O'Byrne de répliquer au bonhomme : « Poussez ce bordel vous-même. C'est votre boulot », avant de lui offrir une cigarette qu'il lui alluma.

O'Byrne hocha la tête en regardant les étagères. «Il y a de la lecture, ici.» Le vieil homme poussa un soupir agacé. «Des cochonneries, dit-il. On devrait interdire tous ces trucs.» Ils continuèrent. À la fin, alors qu'il signait la facture, O'Byrne demanda : «Qui vous avez branché pour ce soir? La dame de la réception?» Il était ravi, le vieux manutentionnaire Ses gloussements de joie résonnèrent comme des clochettes avant de s'achever en nouvelle quinte de toux. Il s'adossa faiblement contre le mur et, lorsqu'il eut repris son souffle, il releva la tête et fit un clin d'œil humide et explicite. Mais O'Byrne avait déjà tourné les talons et poussait le chariot en direction de la camionnette.

Lucy avait dix ans de plus que Pauline, et quelques rondeurs. Mais son appartement était grand et confortable. Elle était infirmière-chef, et Pauline seulement élève infirmière. Elles ignoraient tout l'une de l'autre. À la station de métro, O'Byrne acheta des fleurs pour Lucy et, lorsqu'elle lui ouvrit la porte, il lui tendit le bouquet, avec une révérence ironique accompagnée d'un claquement de talon. «Une proposition d'armistice?» dit-elle avec mépris en faisant disparaître les jonquilles. Elle l'avait entraîné vers la chambre. Ils étaient assis côte à côte sur le lit. O'Byrne laissa sa main s'égarer vers le haut de sa cuisse, pour la forme. Elle le repoussa en disant : «Pas si vite. Où étais-tu passé ces trois derniers jours?» O'Byrne se souvenait à peine. Deux nuits avec Pauline, une soirée au pub avec son frère et des amis.

Il se vautra voluptueusement sur le dessus-de-lit en chenille de coton. « Tu sais... j'ai travaillé tard avec Harold. À tout changer dans la boutique. Tu vois le genre.

— Toujours ces livres cochons », dit Lucy avec un petit rire aigu.

O'Byrne se leva et envoya valser ses chaussures. « Tu ne vas pas commencer », dit-il, ravi de ne plus être sur la défensive. Lucy se pencha pour ramasser ses chaussures. « Tu vas bousiller les contreforts, dit-elle sérieusement, à les manipuler de cette façon. »

Ils se déshabillèrent tous les deux. Lucy pendit soigneusement ses vêtements dans l'armoire. Quand O'Byrne se planta pratiquement nu devant elle, elle fronça le nez d'un air dégoûté. « C'est toi, cette odeur ? » O'Byrne se sentit vexé. « Je peux prendre un bain », proposa-t-il sèchement.

Lucy mélangea l'eau de la baignoire en parlant fort pour couvrir le bruit des deux robinets. « Tu aurais dû m'apporter du linge à laver. » Elle enfila le doigt dans l'élastique de son caleçon. « Donne-moi ça tout de suite, ça sera sec demain matin. » O'Byrne passa ses doigts dans ceux de Lucy, simulant l'affection. « Mais non, s'écria-t-il vivement. Il est propre de ce matin, je te jure. » Lucy chercha à le lui prendre de force, pour plaisanter. Ils luttèrent sur le sol de la salle de bains, Lucy hurlant de rire, O'Byrne excité mais déterminé.

Lucy finit par passer un peignoir et sortit. O'Byrne l'entendit dans la cuisine. Assis dans son bain, il frotta les taches vert vif. Au retour de

Lucy, le caleçon séchait sur le radiateur. « Alors, le MLF ? » dit O'Byrne depuis la baignoire. « Je viens aussi », dit Lucy en ôtant son peignoir. O'Byrne lui fit de la place. « Mais je t'en prie », dit-il en souriant tandis qu'elle s'installait dans l'eau grise.

O'Byrne était allongé sur le dos, dans les draps blancs tout propres, et Lucy vint s'installer sur son ventre comme un gros oiseau qui couve ses œufs. Elle refusait toute autre position, d'entrée de jeu elle avait prévenu : « C'est moi qui commande. » O'Byrne avait répondu : « Ça, on verra. » Avec horreur et écœurement, il découvrit qu'il pouvait prendre plaisir à être complètement dominé, comme ces anormaux, dans les revues de son frère. Lucy avait parlé sèchement, comme lorsqu'elle s'adressait à un malade difficile. « Si le régime ne te convient pas, tu n'es pas obligé de revenir. » Imperceptiblement, O'Byrne fut initié aux désirs de Lucy. Elle ne voulait pas seulement le chevaucher. Elle lui interdisait de bouger. « Si tu remues encore, prévint-elle une fois, c'est fini. » Par simple habitude, O'Byrne avait donné un coup de reins vers le haut, cherchant la profondeur et, rapide comme la langue du serpent, elle l'avait giflé plusieurs fois, à toute volée. L'orgasme fut alors instantané, et elle resta ensuite affalée en travers du lit, entre le rire et les sanglots. O'Byrne, dont une moitié du visage était rose et enflée, se retira d'humeur sombre. « Espèce de sale perverse », avait-il crié sur le pas de la porte.

Le lendemain, il était de retour, et Lucy accepta

de ne plus le frapper. À la place, elle l'insulta. «Pauvre petite merde pathétique», hurlait-elle lorsqu'elle atteignait les sommets de son plaisir. Et elle paraissait deviner la secrète jouissance coupable d'O'Byrne, son désir d'aller plus loin. Un jour, elle s'était brutalement soulevée au-dessus de lui et, avec un regard lointain, elle lui avait uriné sur la tête et le torse. O'Byrne s'était débattu pour lui échapper, mais Lucy le maintenait solidement et parut tirer une profonde satisfaction de son éjaculation involontaire. Cette fois-là, O'Byrne avait quitté l'appartement fou de rage. L'odeur violente et chimique de Lucy lui colla plusieurs jours à la peau, et ce fut à cette époque qu'il rencontra Pauline. Pourtant, dans la semaine, il était de retour chez Lucy, afin de récupérer son rasoir, précisa-t-il, et Lucy le persuada d'essayer ses propres sous-vêtements. O'Byrne résista avec horreur et excitation. «Ton problème, dit Lucy, c'est que tu es effrayé par ce qui te fait plaisir.»

À présent, Lucy lui serrait la gorge d'une main. «Amuse-toi à bouger», siffla-t-elle en fermant les yeux. O'Byrne demeura immobile. Au-dessus de lui, Lucy se balançait, pareille à un arbre géant. Ses lèvres articulaient un mot mais pas un son ne sortait. Plusieurs minutes plus tard, elle ouvrit les yeux et le contempla, en fronçant les sourcils comme si elle faisait un effort pour le situer. Et tout ce temps-là, elle basculait d'avant en arrière. Elle finit par parler, s'adressant à elle-même plus qu'à lui. «Vermine...» Gémissement d'O'Byrne. Les jambes et les cuisses de Lucy resserrèrent leur étreinte et se mirent à trembler. «Vermine... vermine... espèce de petit ver de terre.» Une fois de plus, elle le serra à la gorge. Il avait les yeux enfoncés dans les orbites lorsqu'il prononça le mot qui dut parcourir un long chemin avant d'atteindre ses lèvres. «Oui», murmura-t-il.

Le jour suivant, O'Byrne se rendit au dispensaire. Le médecin et le jeune externe qui l'assistait se montrèrent pratiques et sans états d'âme. L'externe remplit une fiche de renseignements et se fit donner par le détail l'historique récent de la vie sexuelle d'O'Byrne. Ce dernier inventa une prostituée opérant à la station d'autobus d'Ipswich. Il évita ensuite les contacts pendant de nombreux jours. Fréquentant le dispensaire matin et soir pour une piqûre, il avait la libido en berne. Lorsque Pauline ou Lucy téléphonait, Harold répondait qu'il ne savait pas où se trouvait O'Byrne. «Probablement retenu quelque part», disait-il avec un clin d'œil à l'adresse de son frère, à l'autre bout de la boutique. Les deux femmes appelèrent quotidiennement pendant trois ou quatre jours, puis, subitement, il n'y eut plus d'appel ni de l'une ni de l'autre.

O'Byrne n'y prêta pas attention. La boutique rapportait de l'argent, à présent. Le soir, il allait boire en compagnie de son frère et des amis de son frère. Il se sentait à la fois occupé, et malade. Dix jours s'écoulèrent. Avec la participation supplémentaire que lui versait Harold, il acheta une veste de cuir, comme celle d'Harold, mais nettement mieux, plus chic, doublée en imitation de soie rouge. Elle avait à la fois le brillant et le grincement du neuf. Il passa de longues minutes devant le miroir convexe, à se regarder de profil, admirant la façon dont ses épaules et ses biceps donnaient un surcroît de lustre au cuir tendu. Il portait sa veste pour faire le chemin entre la boutique et le dispensaire, et sentait le regard des femmes dans la rue. Il pensa à Pauline et à Lucy. Perdit une journée à se demander laquelle appeler en premier. Opta pour Pauline, et téléphona depuis la boutique.

L'élève infirmière Shepherd ne pouvait pas etre jointe, annonça-t-on à O'Byrne après de longues minutes d'attente. Elle était en train de passer un examen. O'Byrne fit transférer son appel à l'autre bout de l'hôpital. « Salut, dit-il lorsque Lucy prit le combiné. C'est moi. » Lucy était ravie. « Quand es-tu rentré ? Où étais-tu ? Quand passes-tu me voir ? » Il réfléchit un moment. « Est-ce que ce soir te conviendrait ? » dit-il. Lucy ronronna comme une chatte en chaleur : « Je brûle d'impatience... » Rire d'O'Byrne qui se serra le haut de la tête entre le pouce et l'index, en même temps que lui parvenaient d'autres voix, lointaines, sur la ligne. Il entendit Lucy donner des instructions. Puis elle s'adressa rapidement à lui. « Il faut que j'y aille. On vient d'amener une urgence. Vers huit heures ce soir, alors... » et elle raccrocha.

O'Byrne prépara son histoire, mais Lucy ne lui posa pas de question sur sa disparition. Elle était trop heureuse. Elle lui ouvrit la porte en riant, l'embrassa, et rit encore. Elle semblait différente

Dans le souvenir d'O'Byrne, elle n'était pas aussi belle. Elle avait les cheveux plus courts, plus bruns, ses ongles étaient orange pâle et elle portait une courte robe noire, à pois orange. Il y avait des bougies et des verres à vin sur la table, de la musique sur l'électrophone Lucy recula, les yeux brillants, presque fous, et admira sa veste de cuir. Ses mains caressèrent la doublure rouge. Elle se frotta contre elle. « Très doux », dit-elle. « Soixante livres en solde », précisa fièrement O'Byrne qui tenta de l'embrasser. Mais elle se remit à rire et le poussa dans un fauteuil. « Reste ici, je vais chercher quelque chose à boire. »

O'Byrne s'installa confortablement. Sur l'élec trophone, un chanteur parlait d'amour dans un restaurant aux nappes blanches immaculées. Lucy apporta une bouteille de vin blanc glacé. Elle s'assit sur le bras de son fauteuil et ils burent en bavardant. Lucy lui raconta les dernières anecdotes du service, les infirmières tombées amoureuses et celles qui avaient rompu, les malades guéris ou décédés. Tout en parlant, elle défit les boutons en haut de sa chemise et passa une main pour venir lui caresser le ventre. Lorsque O'Byrne bougea dans son fauteuil pour la toucher à son tour, elle le repoussa, se pencha en avant, et vint lui poser un baiser sur le nez. « Allons, allons », dit-elle sagement. O'Byrne se fatigua. Il raconta des histoires qu'il avait entendues au pub. Chaque fois, Lucy s'écroulait de rire à la fin et, comme il entamait la troisième, elle laissa sa main se perdre subrepticement du côté de son entrejambe, et y rester. O'Byrne ferma les yeux. La main se retira et Lucy le pressa. «Continue, dit-elle. Ça devenait intéressant.» Il lui prit le poignet et voulut l'attirer sur ses genoux. Après un petit soupir, elle se dégagea, s'éclipsa, et revint avec une seconde bouteille. «Nous devrions boire du vin plus souvent, dit-elle. Tu te mets à raconter des histoires tellement drôles.»

Encouragé, O'Byrne reprit son récit, où il était question d'une voiture et de ce qu'un mécanicien disait à un curé. Une fois encore, Lucy s'activa sur sa braguette en riant, riant. L'histoire était plus drôle qu'il ne pensait. Le sol bougeait sous ses pieds, il montait et descendait. Et Lucy tellement belle, parfumée, chaude... ses yeux qui luisaient. Il était paralysé par ses agaceries. Il l'aimait, et elle riait, lui dérobait sa volonté. Il voyait à présent qu'il était venu pour vivre avec elle, et tous les soirs elle l'amènerait au bord de la folie par ses agaceries. Il enfouit son visage entre ses seins. «Je t'aime», bafouilla-t-il, et Lucy rit de plus belle, en hoquetant et en essuyant les larmes qui coulaient de ses yeux. «Est-ce que... est-ce que...», tentait-elle de dire. Elle vida la bouteille dans son verre. «Portons un toast...
— Oui, dit O'Byrne. À nous.» Lucy contrôlait son fou rire. «Non, non, couina-t-elle. À toi. Toi.
— D'accord», dit-il avant de vider son verre, cul sec. Et Lucy était debout devant lui, à présent, en train de le tirer par le bras. «Viens, disait-elle. Viens.» O'Byrne s'arracha péniblement à son fauteuil. «Et on mange quand, alors? dit-il.
– C'est toi qui vas être mangé», dit-elle, et ils

gloussèrent en titubant en direction de la chambre.

Pendant qu'ils se déshabillaient, Lucy dit : « J'ai une petite suprise spéciale pour toi, alors... on est bien sage. » Assis au bord du grand lit de Lucy, O'Byrne frissonna. « Je suis prêt à tout, dit-il. — Bien... très bien », et pour la première fois elle l'embrassa à pleine bouche, en le culbutant doucement sur le lit. Puis elle l'enfourcha e s'assit sur sa poitrine. O'Byrne ferma les yeux. Quelques semaines plus tôt, il aurait résisté furieusement. Lucy lui souleva la main gauche qu'elle amena à ses lèvres pour embrasser chaque bout de doigt. « Hummm... le hors-d'œuvre. » Rire d'O'Byrne. Le lit et la chambre ondulaient doucement autour de lui. Lucy lui tirait la main en direction du coin supérieur du lit. O'Byrne entendit un vague tintement, comme une clochette. À genoux près de son épaule, lui maintenant fermement le poignet, Lucy referma la boucle d'un bracelet de cuir. Elle avait toujours dit qu'un jour elle l'attacherait au lit pour le baiser. Elle se pencha au-dessus de son visage, et ils s'embrassèrent de nouveau. Elle lui léchait les yeux en disant . « Tu ne risques pas de t'échapper. » O'Byrne cherchait sa respiration. Il ne pouvait pas bouger le visage pour sourire. Elle lui entravait à présent le bras droit sur lequel elle tira très fort pour l'amener vers l'autre coin du lit. Avec un atroce frisson de béate soumission, O'Byrne sentit son bras mourir. Cette chose étant faite, et bien faite, Lucy promenait maintenant ses mains le long de l'intérieur de la cuisse, jusqu'au pied... il était écartelé, prêt à se rompre, fixé à chaque coin du drap blanc. Lucy à genoux, à la limite de l'entrejambe. Elle le contempla, avec un petit sourire entendu, et se masturba délicatement. O'Byrne était en attente du moment où elle s'installerait sur lui comme un vaste oiseau blanc sur son nid. Du bout d'un doigt, elle suivit la courbe de son érection, avant de l'enserrer étroitement à la base entre le pouce et l'index. Les dents d'O'Byrne laissèrent échapper un soupir. Lucy se pencha en avant. Ses yeux brillaient d'une lumière sauvage. Elle murmura : « Nous allons te faire ta fête, Pauline et moi... »

Pauline. Syllabes creuses, un instant vides de sens. « Quoi ? » dit O'Byrne, et en articulant ce mot il se souvint, et il perçut une menace. « Détache-moi », se hâta-t-il de demander. Mais le doigt de Lucy s'activait entre ses jambes, ses yeux étaient à demi clos. Son souffle long, profond. « Détache-moi », cria-t-il secouant vainement ses entraves. La respiration de Lucy se faisait à présent par petits halètements légers. Qui s'accélérèrent pendant qu'il se débattait. Elle disait quelque chose... gémissait quelque chose. Quoi ? Il n'entendait pas. « Lucy, dit-il. Détache-moi s'il te plaît. » Puis elle se tut brutalement, l'œil vif et bien ouvert. Elle quitta le lit. « Ton amie Pauline va arriver, bientôt », dit-elle avant de se rhabiller. Elle était différente, ses gestes étaient précis, efficaces, elle ne le regardait plus. O'Byrne tenta de jouer la décontraction. Sa voix était un peu aiguë. « Qu'est-ce qui se prépare ? » Lucy était debout au pied du lit et boutonnait sa robe. Elle eut une moue méprisante. «Tu es un salaud», dit-elle. La sonnette de la porte retentit et elle sourit. «Belle synchronisation, non?»

«Oui, il s'est couché bien sagement», disait Lucy en faisant entrer Pauline dans la chambre. Pauline qui ne dit rien. Qui évitait de regarder O'Byrne autant que Lucy. Et les yeux d'O'Byrne qui fixaient l'objet qu'elle portait dans ses bras. Grand, couleur argent, une sorte de grille-pain géant. «Il y a une prise pour le brancher ici même», dit Lucy. Pauline posa l'objet sur la table de chevet. Lucy s'assit devant sa coiffeuse pour se brosser les cheveux. «Je vais chercher l'eau dans un instant», dit-elle.

Pauline alla se planter devant la fenêtre. Un silence s'installa. Puis O'Byrne demanda d'une voix rauque : «Qu'est-ce que c'est, cette chose?» Lucy se retourna : «Un stérilisateur», dit-elle d'un air dégagé. «Un stérilisateur? — Tu sais bien, pour stériliser les instruments chirurgicaux.» La question suivante resta dans la gorge d'O'Byrne. Il se sentit pris de vertige, de nausée. Lucy sortit de la pièce. Pauline continua de scruter les ténèbres, par la fenêtre. O'Byrne éprouva le besoin de parler à voix basse. «Hé, Pauline, qu'est-ce qui se prépare?» Elle se retourna pour le regarder, et ne dit rien. O'Byrne découvrit que l'entrave liant son poignet droit se relâchait légèrement, le cuir se détendait. Sa main était cachée par les oreillers. Il tira dans tous les sens, et sa voix se fit pressante. «Écoute, partons d'ici. Détache ces trucs.»

Elle hésita un instant, puis fit le tour du lit et vint le regarder dans les yeux. Elle hocha négativement la tête. «Nous allons te faire ta fête.» La répétition le terrorisa. Il se tortilla dans tous les sens. «Si c'est une plaisanterie, elle ne me fait pas rire», cria-t-il. Pauline détourna le regard. Il l'entendit dire : «Je te déteste.» Le bracelet de cuir immobilisant sa main droite se relâcha encore. «Je te déteste. Je te déteste.» Il tira à s'en arracher le bras. Sa main était trop forte pour passer par le bracelet. Il renonça.

Lucy était devant la table de chevet à présent, et remplissait d'eau le stérilisateur. «Elle est nulle, cette plaisanterie», dit O'Byrne. Lucy souleva une boîte noire, plate, qu'elle posa sur la table. Elle ouvrit le couvercle et se mit à sortir des ciseaux à branches très longues, des scalpels, et d'autres ustensiles argentés, brillants et effilés. Elle les plaça tous soigneusement dans l'eau. O'Byrne se remit à tortiller sa main droite. Lucy ôta la boîte noire et installa à la place deux haricots de porcelaine blanche à bordure bleue. L'un contenait deux seringues hypodermiques, une grande, une petite. Dans l'autre se trouvait du coton hydrophile. La voix d'O'Byrne trembla. «C'est quoi, tout cela?» Lucy posa une main fraîche sur son front. Elle énonça avec précision : «Ce qu'on aurait dû te faire au dispensaire. — Au dispensaire...?» reprit-il en écho. Il vit que Pauline s'appuyait contre le mur et buvait une rasade de scotch à la bouteille. «Oui», dit Lucy, dont la main chercha son poignet pour lui prendre le pouls. «Pour t'empêcher de continuer à répandre tes petites maladies secrètes. — Et raconter des mensonges», dit Pauline la voix vibrante d'indignation.

O'Byrne fut prit d'un rire nerveux. «Raconter des mensonges... raconter des mensonges», bredouilla-t-il. Lucy prit la bouteille de scotch des mains de Pauline et la porta à ses propres lèvres. O'Byrne se calma. Ses jambes tremblaient. «Vous êtes toutes les deux cinglées.» Lucy tapota le stérilisateur et dit à Pauline : «Il y en a encore pour quelques minutes. Allons nous laver les mains dans la cuisine.» O'Byrne voulut relever la tête. «Où allez-vous?» cria-t-il en les voyant partir. «Pauline... Pauline.»

Mais Pauline n'avait rien de plus à dire. Lucy s'arrêta un instant sur le pas de la porte et lui sourit. «Nous te laisserons un joli petit moignon, en souvenir de nous», dit-elle avant de fermer derrière elle.

Sur la table de chevet, le stérilisateur se mit à siffler. Peu de temps après, il émit le grondement sourd de l'eau en ébullition, avec le léger cliquetis des instruments bousculés à l'intérieur. Terrorisé, il tira de nouveau sur sa main. Le cuir entamait la peau de son poignet. Le bracelet était à présent au niveau de la base du pouce. D'interminables minutes s'écoulèrent. Il gémissait, tirait, et le cuir lui lacérait profondément la main. Il était presque libre.

La porte s'ouvrit, Lucy et Pauline arrivèrent avec une petite table basse. Malgré sa peur,

O'Byrne sentit monter une fois de plus la jouissance, la jouissance dans l'horreur. Elles installèrent la table à côté du lit. Lucy se pencha sur son érection. «Ça alors... ça alors», murmura-t-elle. À l'aide de pinces, Pauline sortit les instruments de l'eau bouillante et les aligna soigneusement sur la nappe blanche amidonnée dont elle avait recouvert la table. Le bracelet de cuir céda partiellement. Lucy s'assit au bord du lit et prit la grosse seringue dans le haricot. «Ceci va t'endormir un peu», promit-elle. Elle tint la seringue verticalement et expulsa un petit jet de liquide. À l'instant où elle allait prendre un peu de coton, le bras d'O'Byrne retrouva sa liberté. Lucy sourit. Elle reposa la seringue. Une fois encore elle se pencha... chaude, parfumée... elle le fixait de ses yeux rouges, féroces... ses doigts jouèrent avec son gland... elle le tenait dans sa main. «Allonge-toi, Michael, mon amour.» Elle fit un petit signe de tête à Pauline. «Si vous voulez bien remettre cette entrave, infirmière Shepherd, je crois que nous allons pouvoir commencer.»

Psychopolis

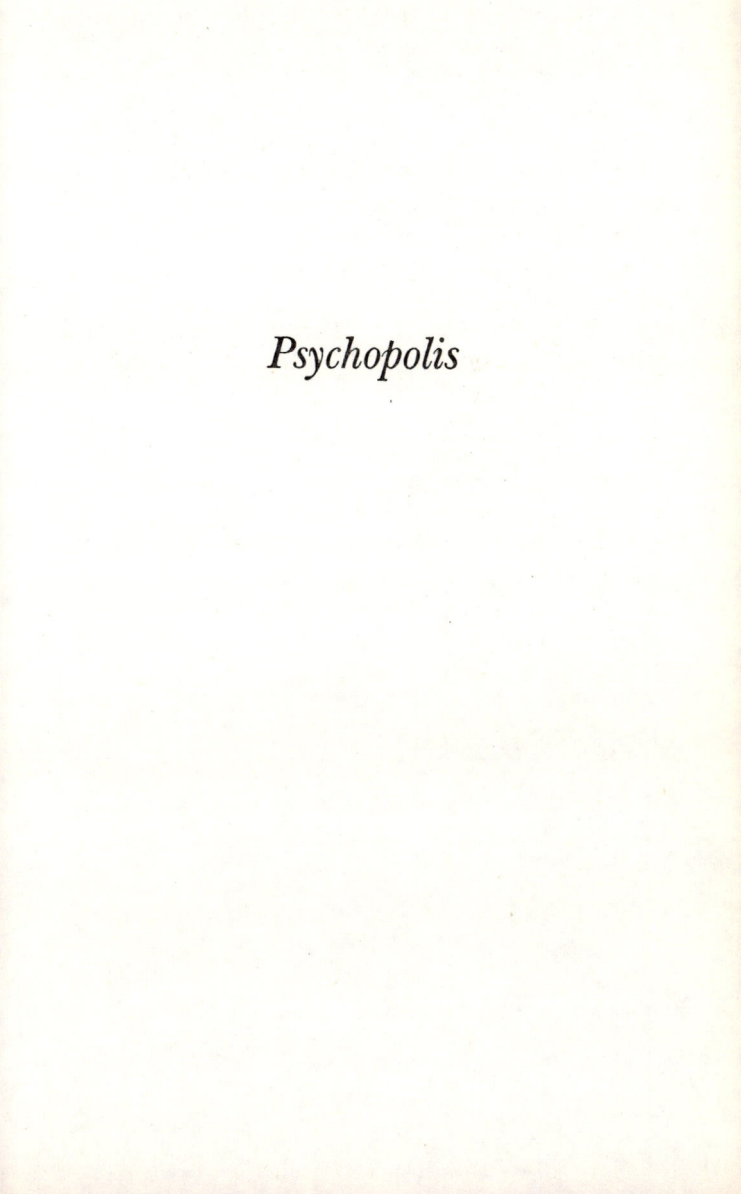

Mary travaillait dans une librairie féministe de Venice dont elle détenait aussi des parts. C'est là que j'ai fait sa connaissance, à l'heure du déjeuner, le lendemain de mon arrivée à Los Angeles. Le soir même nous étions amants et, assez peu de temps après, amis. Le vendredi suivant, je l'ai maintenue enchaînée par un pied à mon lit pendant tout le week-end. C'était, m'avait-elle expliqué, une chose qu'elle «devait faire pour s'en libérer». Je la revois (plus tard, dans un bar plein de monde) m'arrachant la promesse solennelle de ne pas l'écouter si elle réclamait d'être détachée. Soucieux d'être agréable à ma nouvelle amie, j'ai acheté une jolie chaîne et un petit cadenas. Avec des vis de laiton, j'ai fixé un anneau dans le bois de mon lit, et l'affaire a été réglée. Quelques heures plus tard, elle voulait à tout prix sa liberté et, malgré un certain embarras, je me suis levé, j'ai pris une douche, je me suis habillé, j'ai enfilé mes pantoufles, et je lui ai apporté une grande poêle pour uriner. Elle a essayé d'user d'une voix ferme et sensée.

« Ouvre ce cadenas, disait-elle. Ça suffit maintenant. » Je reconnais qu'elle me faisait peur. Je me suis servi un verre, et je me suis empressé de me réfugier sur le balcon pour regarder le coucher de soleil. Je n'étais pas excité du tout. Je me suis tenu ce raisonnement : si je détache la chaîne, elle va me mépriser pour ma faiblesse. Si je la laisse où elle est, elle risque de me détester, mais j'aurai au moins tenu ma promesse. Le soleil orange pâle plongeait dans la brume, et j'entendais ses appels à travers la porte close de la chambre. J'ai fermé les yeux en me concentrant sur l'idée que j'étais irréprochable.

Un de mes amis a fait une analyse avec un praticien âgé et freudien, ayant pignon sur rue à New York. Un jour, cet ami avait longuement exprimé ses doutes concernant les théories de Freud, leur absence de crédibilité scientifique, leur ancrage culturel, etc. À la fin de son exposé, l'analyste a répondu avec un sourire aimable : « Regardez autour de vous ! » D'un geste de la main, il indiquait le cabinet cossu, l'hévéa nain, le bégonia rex, les murs tapissés de livres et, pour finir, avec un mouvement du poignet qui à la fois disait sa candeur et insistait sur les revers de son costume de bonne coupe, il a ajouté : « Pensez-vous réellement que je serais arrivé où je suis si Freud avait tort ? »

De la même façon, je me suis dit en rentrant à l'intérieur (le soleil à présent couché et la chambre silencieuse), que la stricte vérité dans l'histoire est que je respectais ma parole.

Ce qui ne m'empêchait pas de m'ennuyer. Je

déambulais d'une pièce à l'autre, allumant les lumières, m'appuyant contre les chambranles de portes, contemplant des objets déjà familiers. J'ai installé le pupitre et sorti ma flûte. J'avais appris à jouer tout seul, plusieurs années auparavant, et il y a de nombreux défauts, renforcés par l'habitude, que je n'ai plus la volonté de corriger. Je ne manie pas les clefs, comme je le devrais, du bout extrême des doigts, et mes doigts évoluent trop haut au-dessus des clefs pour me permettre de jouer facilement les morceaux rapides. De plus, mon poignet droit manque de souplesse et ne forme pas, comme il le devrait, un angle droit avec l'instrument. Je n'ai pas le dos droit lorsque je joue, je suis avachi sur la partition. Ma respiration n'est pas contrôlée par les muscles abdominaux. Je souffle inconsidérément du haut de la gorge. La position de mes lèvres est mauvaise et j'ai trop souvent recours à un vibrato sirupeux. Je manque de maîtrise pour moduler mon interprétation au-delà des deux notions fort ou doucement. Je ne me suis jamais donné la peine d'apprendre à monter dans les aigus après le *sol*. Mes connaissances en solfège sont sommaires et les rythmes qui s'écartent un peu de l'ordinaire me laissent perplexe. Surtout, je n'ai aucune ambition d'étendre mon répertoire au-delà de la même demi-douzaine de morceaux, et je fais systématiquement les mêmes fautes.

Lancé depuis plusieurs minutes dans le premier morceau, j'ai pensé à elle qui écoutait depuis la chambre, et l'expression « public captif » m'est venue à l'esprit. Tout en jouant, j'ai cherché des façons d'inclure innocemment ces mots dans une phrase pour inventer une plaisanterie légère, bénigne, dont l'humour permettrait un éclaircissement de la situation. J'ai posé la flûte pour me diriger vers la chambre. Mais je n'ai pas eu le temps de préparer ma phrase ; ma main, par une sorte d'automatisme stupide, avait déjà poussé la porte et j'étais face à Mary. Elle était assise au bord du lit, en train de se brosser les cheveux, la chaîne délicatement occultée par les couvertures. En Angleterre, une femme s'exprimant avec la clarté de Mary risquait d'être considérée comme agressive, pourtant ses manières étaient courtoises. Elle était petite, de constitution assez lourde. Son visage était tout en rouge et noir, rouge vif des lèvres, yeux noirs, joues rouges comme des pommes rouges, chevelure noire lisse comme du goudron. Sa grand-mère était indienne.

« Qu'est-ce que tu veux ? a-t-elle dit sèchement sans interrompre le mouvement de sa main.

— Ah, ai-je fait. Un public captif !

— Quoi ? » Comme je ne répétais pas, elle m'a prié de la laisser tranquille. Je me suis assis sur le lit en pensant : Si elle me demande de la détacher, j'obtempère immédiatement. Mais elle n'a rien dit. Lorsqu'elle a eu terminé de se brosser les cheveux, elle s'est allongée, les mains croisées derrière la tête. Je suis resté à la regarder, j'attendais. L'idée de lui demander si elle voulait être libérée semblait ridicule, et lui redonner simplement la liberté, sans sa permission, me terrifiait. Je ne savais même pas si nous étions sur le terrain idéologique ou psychosexuel. Je suis donc retourné à ma flûte, emportant cette fois le pupitre à l'autre bout de l'appartement et fermant toutes les portes intermédiaires. Avec l'espoir qu'elle ne m'entendrait pas.

Le dimanche soir, après plus de vingt-quatre heures de silence ininterrompu entre nous, j'ai détaché Mary. Lorsque le cadenas s'est ouvert, j'ai dit : « Il n'y a pas une semaine que je suis à Los Angeles, et je me sens déjà complètement différent. »

Bien que vraie en partie, la remarque se voulait agréable. Une main posée sur mon épaule et l'autre massant son pied, Mary a répondu : « C'est toujours comme ça. C'est une ville de démesure.

— Elle s'étend sur près de cent kilomètres ! ai-je ajouté.

— Et elle en fait plus de mille en profondeur ! » s'est écriée Mary avec fougue en refermant ses bras mats autour de mon cou. Elle avait apparemment trouvé ce qu'elle cherchait.

Pour autant, elle n'était pas portée sur les commentaires. Plus tard, nous sommes sortis dîner dans un restaurant mexicain et j'attendais une allusion de sa part à son week-end dans les chaînes mais, lorsque j'ai fini par me résoudre à l'interroger, elle m'a interrompu par une question. « Est-il exact que l'Angleterre soit dans un état d'effondrement total ? »

J'ai répondu que oui et j'ai développé longuement, sans croire un mot de ce que je disais. La seule expérience que j'avais de l'effondrement total était le suicide d'un ami. Au début, il voulait seulement se punir. Il a avalé un peu de verre pilé en le faisant passer avec du jus de pamplemousse. Lorsque la douleur a commencé, il a couru jusqu'à la station de métro la plus proche, acheté le ticket le moins cher, et il s'est jeté sous une rame, celle de la ligne Victoria, qui venait d'être inaugurée. Quel pouvait être l'équivalent à l'échelle de la nation ? Nous sommes revenus du restaurant bras dessus, bras dessous, sans parler. L'air était moite et chaud, nous avons échangé un baiser en nous enlaçant sur le trottoir, près de sa voiture.

« Même programme vendredi prochain ? » ai-je ironisé tandis qu'elle reprenait le volant, mais les paroles ont été couvertes par le claquement de la portière. Elle m'a fait signe au revoir, en agitant les doigts derrière la vitre, avec un sourire. Je ne l'ai pas revue tout de suite.

J'habitais Santa Monica, dans un grand appartement que l'on m'avait prêté, au-dessus d'une boutique spécialisée dans la location de mobilier et fournitures pour les réceptions, et, curieusement, de matériel pour «infirmeries». La moitié du magasin était réservée aux verres à vin, shakers, chaises pliantes, plus une table de banquet et une sono, l'autre aux fauteuils roulants, lits de malade, pinces et bassins, tuyaux de plastique coloré et acier tubulaire rutilant. J'ai remarqué plusieurs établissements de ce genre, un peu partout en ville, au cours de mon séjour. Le directeur de celui-ci avait une tenue impeccable et une amabilité de prime abord intimidante. Lorsque nous avons fait connaissance, il m'a dit qu'il avait «seulement vingt-neuf ans». Il était assez corpulent et portait une de ces grosses moustaches tombantes qu'affectionne la jeunesse ambitieuse, en Amérique comme en Angleterre. Le jour de mon arrivée, il a monté l'escalier pour se présenter — George Malone — et me dire un mot gentil. «Les Anglais fabriquent des fauteuils roulants formidables. Ils sont vraiment champions.

— Sans doute Rolls-Royce», ai-je répondu. Malone m'a attrapé le bras. «Vous me prenez pour un con. Rolls-Royce est une marque de...

— Mais non, ai-je rectifié nerveusement. C'était une... une plaisanterie.» Son visage est resté un moment figé, la bouche ouverte et noire, et je me suis dit: Il va me frapper. Mais il a ri.

«Rolls-Royce! Elle est vraiment super!» Et lorsque je l'ai revu, il a montré du doigt la section infirmerie de son magasin en me criant: «Vous voulez acheter une Rolls?» Nous allions de temps en temps prendre un verre ensemble à l'heure du déjeuner, dans un bar éclairé en rouge et situé dans une rue donnant sur Colorado Avenue, où George m'avait présenté au patron comme «un gars qui fait des remarques bizarres».

«Vous prendrez? m'a demandé le patron.

— Un pot de vin avec une cerise», ai-je répondu cordialement en espérant être à la hauteur de ma réputation. Mais le patron s'est renfrogné avant de s'adresser à George en soupirant.

« Et pour vous ? »

Il était réjouissant, au début du moins, de vivre dans une ville de narcissiques. Le deuxième ou troisième jour, j'ai suivi les instructions de George pour aller à la plage à pied. Il était midi. Un million de personnages primitifs, à poil, étaient éparpillés sur le sable fin jaune pâle où ils attendaient, allongés, d'être dévorés tous azimuts par un nuage de chaleur et de pollution. Tout était immobile, à part les énormes vagues paresseuses, au loin, et le silence était impressionnant. Près de l'endroit où je me trouvais, tout à fait en haut de la plage, étaient installés divers types de barres parallèles, vides et nues, dont la géométrie brutale était marquée par le silence. Même le bruit des vagues ne parvenait pas jusqu'à moi, pas une voix, la ville entière était plongée dans un rêve. Comme j'avançais en direction de l'océan, de discrets murmures montaient autour de moi, et j'avais l'impression d'entendre des somnambules. J'ai vu un homme remuer la main, écartant davantage ses doigts dans le sable pour attraper le soleil. Une glacière sans couvercle se dressait comme une pierre tombale près de la tête d'une femme prostrée. J'ai jeté un coup d'œil au passage et vu des boîtes de bière vides avec un empaquetage de fromage orange qui flottait dans l'eau. À présent que je circulais parmi eux, je remarquais que tous ces solitaires amoureux du soleil étaient installés loin les uns des autres. J'avais l'impression de devoir marcher plusieurs minutes pour aller de l'un à l'autre. Un effet de perspective m'avait donné l'illusion qu'ils étaient collés les uns aux autres. J'ai remarqué aussi la beauté des femmes, avec leurs membres hâlés déployés comme des branches d'étoiles de mer ; et le nombre d'hommes âgés en bonne santé, avec leur corps noueux et musclé. Ce spectacle de dessein partagé m'a rempli de joie et, pour la première fois de ma vie, j'ai éprouvé le besoin urgent d'avoir la peau et le visage bronzés, pour dévoiler des dents d'un blanc éclatant lorsque je sourirais. J'ai ôté mon pantalon et ma chemise, étalé ma serviette, et je me suis allongé sur le dos en me disant : je vais être libre, je vais changer au point d'être méconnaissable. Mais au bout de quelques minutes, j'avais trop chaud, je ne tenais plus en place, je mourais d'envie d'ouvrir les yeux. J'ai couru jusqu'à l'océan et nagé en direction de l'endroit où quelques personnes attendaient debout dans l'eau le rouleau assez puissant pour les ramener au bord.

En revenant de la plage, un jour, j'ai trouvé un mot de mon ami Terence Latterly, punaisé à ma porte. « Je t'attends au Doggie Diner's, en face. » J'avais fait la connaissance de Latterly en Angleterre, des années auparavant, alors qu'il effectuait des recherches pour une thèse toujours inachevée sur George Orwell, et il avait fallu que je vienne en Amérique pour me rendre compte qu'il était un Américain vraiment à part. Mince, blême, de beaux cheveux noirs bouclés, des yeux de biche de princesse de la Renaissance, un long nez droit avec deux fentes étroites et noires en guise de narines, Terence était d'une beauté souffreteuse. Il était fréquemment courtisé par des homos et un jour, dans Polk Street, à San Francisco, il s'était fait carrément agressé. Il bégayait un peu, juste assez pour charmer ceux qui succombent à ce genre de détail, et il attachait beaucoup d'importance à l'amitié, au point de sombrer parfois dans d'impénétrables bouderies. Il m'avait fallu un certain temps pour admettre qu'en réalité je n'aimais pas du tout Terence, mais il était alors présent dans ma vie, et j'ai accepté cette réalité. Comme tous les intoxiqués du monologue, il était dépourvu de curiosité par rapport à autrui, mais ses histoires étaient bonnes, et il ne racontait jamais deux fois la même. Il s'entichait régulièrement de femmes que sa maladresse labyrinthique et son zèle maladif faisaient fuir, ce qui renouvelait la matière de ses monologues. Deux ou trois fois néanmoins, des filles calmes, solitaires et protectrices étaient tombées follement amoureuses de Terence et de ses manières, mais manifestement il n'était pas intéressé Terence aimait les femmes aux longues jambes, indépendantes et réalistes, lesquelles se lassaient très vite de lui. Il m'avait raconté un jour qu'il se masturbait quotidiennement.

Penché sur une tasse de café vide, la mine morose et le menton appuyé sur les deux mains, il était l'unique client du Doggie Diner's.

« Avec un nom pareil, dis-je en faisant allusion au nom de l'établissement, on peut s'attendre au pire.

— Assieds-toi, dit Terence. Le pire est justement au programme. Je viens de subir une abominable humiliation.

— Sylvie ? ai-je demandé obligeamment.

— Oui, exactement. Je suis ridiculisé. » Rien de très nouveau. Terence utilisait souvent un dîner au restaurant pour faire le récit morbide de ses revers avec des femmes indifférentes. Il etait amoureux de Sylvie depuis plusieurs mois maintenant et l'avait suivie ici depuis San Francisco, où il m'avait parlé d'elle pour la première fois. Elle gagnait sa vie en montant des restaurants diététiques qu'elle revendait ensuite, et pour ce que je savais, elle était tout juste consciente de l'existence de Terence.

« Je n'aurais jamais dû venir à Los Angeles, disait Terence pendant que la serveuse du Doggie Diner's lui remplissait sa tasse. Ça va pour les Anglais, cette ville. Pour vous, tout ce qui se passe ici relève d'une comédie bizarre des extrêmes, mais c'est parce que vous êtes extérieurs. La vérité, c'est que cette ville vit dans une psychose permanente et aiguë. » Terence se passait les doigts dans les cheveux, qui semblaient laqués et raides, et il regardait dehors, dans la rue. Enveloppées dans un perpétuel nuage bleu diffus, les voitures défilaient à trente kilomètres à l'heure, les conducteurs exhibaient leurs avant-bras hâlés par la vitre baissée, les autoradios et les stéréos fonctionnaient, tout le monde rentrait chez soi ou allait prendre un verre.

Après avoir respecté un silence décent, j'ai dit : « Alors...? »

Du jour où il arrive à Los Angeles, Terence plaide sa cause au téléphone auprès de Sylvie pour qu'elle accepte de dîner avec lui au restaurant, et elle finit par accepter, de guerre lasse. Terence achète une chemise neuve, va chez le coiffeur et passe une heure devant la glace, en fin d'après-midi, à se contempler. Il retrouve Sylvie dans un bar, ils boivent un bourbon. Elle est détendue et amicale, ils discutent tranquillement de la politique californienne, à laquelle Terence ne connaît à peu près rien. Sylvie étant une habituée de Los Angeles, c'est elle qui choisit le restaurant. Lorsqu'ils sortent du bar, elle demande : « On prend votre voiture ou la mienne? »

Terence qui n'a pas de voiture et ne sait pas conduire répond : « La vôtre, pourquoi pas? »

À la fin des *hors-d'œuvre**, ils entament leur deuxième bouteille de vin et parlent de livres, puis d'argent, puis encore de livres La charmante Sylvie fait passer Terence par une demi-douzaine de sujets de conversation : elle sourit et Terence rougit d'amour et caresse de folles ambitions. Il est si amoureux qu'il sait qu'il ne résistera pas à l'envie de déclarer sa flamme. Il le sent venir, le déraisonnable aveu. Les mots jaillissent à flot continu, une déclaration d'amour digne de la plume de Walter Scott, avec en thème central maintes fois répété, qu'il n'est rien au monde, absolument rien, que Terence ne ferait pour Sylvie. En fait, éméché, il la somme de mettre sa dévotion à l'épreuve, tout de suite. Sous l'effet du bourbon et du vin, intriguée par ce doux dingue blême *un peu fin de siècle**, Sylvie le regarde chaleureusement et lui rend sa légère pression de la main. L'air raréfié qui circule entre eux se charge de bonne volonté et d'audace.

Poussé par l'absence de réponse, Terence se répète. Il n'est rien au monde, absolument rien, etc. Le regard de Sylvie passe un instant du visage de Terence à la porte du restaurant que franchit justement un couple aisé, entre deux âges. Elle fronce les sourcils, puis sourit.

«Rien du tout? dit-elle.

— Non, rien. Demandez n'importe quoi.» Terence est solennel à présent, il sent la provocation dans sa question. Sylvie se penche en avant et serre son bras.

«Vous ne reculerez pas?

— Non, si c'est humainement possible, je le ferai.» De nouveau Sylvie regarde le couple qui attend près de la porte d'être conduit à une table par l'hôtesse, une dame tonique en uniforme rouge de facture militaire. Terence regarde aussi. Sylvie serre son bras plus fort.

«Je veux que vous uriniez dans votre pantalon, tout de suite. Allez! Vite! Faites-le maintenant avant d'avoir le temps de réfléchir.»

Terence est sur le point de protester, mais sa promesse plane encore au-dessus de sa tête, comme un nuage accusateur. Dans un balancement éthylique et avec une sonnerie électrique lui résonnant dans les oreilles, il urine copieusement, se trempant les cuisses, les jambes et le bas du ventre, en plus du petit filet régulier dont il arrose le sol.

«C'est fait? demande Sylvie.

— Oui, dit Terence. Mais pourquoi...?» Sylvie se lève à demi sur sa chaise et fait signe de façon charmante au couple qui attend près de la porte, à l'autre bout du restaurant.

« Je désire vous présenter mes parents, dit-elle. Je viens de les voir entrer. » Terence reste assis pendant les présentations. Il se demande s'il dégage une odeur. Il est prêt à raconter n'importe quoi pour dissuader cet aimable couple grisonnant de s'installer à la table de leur fille. Il parle à flot ininterrompu (« à la façon du parfait casse-pied »), qualifiant Los Angeles de « bled pourri » et ses habitants de « consommateurs boulimiques de l'intimité du voisin ». Terence fait allusion à une maladie mentale dont il sort à peine après une longue période d'invalidité et déclare à la mère de Sylvie que tous les médecins sont des « connards », en particulier les femmes. Sylvie ne dit rien. Le père lève un sourcil à l'intention de sa femme et le couple s'éloigne de leur table, sans autre forme de procès, pour filer à l'autre bout de la salle.

Terence semblait avoir oublié qu'il s'était lancé dans un récit. Il se curait les ongles avec une dent de son peigne. J'ai dit : « Tu ne peux pas t'arrêter là. *Que s'est-il passé ?* Quel est le sens de toute cette histoire ? » Autour de nous, les tables se remplissaient, mais personne d'autre ne parlait.

Terence a repris : « Je me suis assis sur un journal pour ne pas mouiller le siège de sa voiture. Nous n'avons pas dit grand-chose et elle n'a pas voulu entrer lorsque nous sommes arrivés chez moi. Elle avait eu l'occasion de me signaler qu'elle n'adorait pas ses parents. Je suppose qu'elle voulait juste s'amuser.» Je me suis demandé si l'histoire de Terence était inventée ou rêvée, car elle constituait le paradigme de tous les refus qu'il essuyait, elle était la formulation parfaite de ses peurs, voire, peut-être, de ses désirs les plus profonds.

«Ici, m'a expliqué Terence comme nous quittions le Doggie Diner's, les gens vivent très éloignés les uns des autres. Ton voisin le plus proche se trouve parfois à quarante minutes de voiture, et lorsque vous finissez par réussir à vous rencontrer, vous n'avez de cesse de tout gâcher parce que la solitude rend fou.»

Quelque chose dans cette dernière remarque a dû me toucher, et j'ai invité Terence à monter fumer un joint chez moi. Nous sommes restés plusieurs minutes plantés sur le trottoir pendant qu'il tentait de savoir s'il avait envie ou pas. Nous regardions passer les voitures tout en observant George, à l'intérieur de la boutique d'en face, en train de montrer le fonctionnement de la sono à une Noire. Terence a fini par hocher négativement la tête avant de dire que, puisqu'il était dans ce quartier, il allait en profiter pour rendre visite à une fille qu'il connaissait à Venice.

«N'oublie pas de prendre un change, ai-je conseillé.

— Oui, a-t-il répondu alors qu'il s'éloignait déjà. Salut!»

Il y avait de longues journées vides où je me disais : Tout est pareil partout. Los Angeles, la

Californie, les États-Unis entiers me paraissaient être la croûte très fine et friable du monde infini et souterrain de mon propre ennui. Peu importait l'endroit où je me trouvais, j'aurais pu m'épargner l'effort et le prix du déplacement. En fait, j'aurais voulu être nulle part, échapper à la pesanteur géographique. Je m'éveillais le matin abruti par l'excès de sommeil. Bien que je n'eusse ni faim ni soif, je prenais un petit déjeuner car je n'osais pas rester inactif. Je passais dix minutes à me brosser les dents, sachant que, lorsque j'aurais fini, il me faudrait décider d'une autre activité. Je retournais à la cuisine, je refaisais du café et lavais très soigneusement la vaisselle. La caféine contribuait à la montée de ma panique. Il y avait dans le salon des livres devant être étudiés, des travaux d'écriture devant être exécutés, mais la seule pensée de ces nécessités faisait monter en moi des bouffées d'ennui et de dégoût. Raison pour laquelle j'évitais de penser à ces choses, je ne me soumettais pas à la tentation. Il me venait rarement à l'idée de mettre un pied au salon.

Au lieu de cela, j'allais dans la chambre où je faisais le lit en bordant soigneusement les coins, comme à l'hôpital. Étais-je malade ? Je m'allongeais et je fixais le plafond sans une pensée dans la tête. Puis je me mettais debout et, les mains dans les poches, je fixais le mur. Peut-être devrais-je le peindre d'une autre couleur, mais bien sûr je n'étais qu'un occupant temporaire. Je me souvenais que j'étais dans une ville étrangère et fonçais sur le balcon. Boutiques et maisons blanches, sinistres, en forme de boîtes, voitures en stationnement, deux tourniquets à pelouse, guirlande festonnée des lignes téléphoniques, partout, palmier unique chancelant contre le ciel, le tout éclairé par la cruelle lueur blanche d'un soleil effacé par les nébulosités et la pollution. Une évidence qui pour moi se passe d'explication, comme celle d'une rangée de pavillons de banlieue en Angleterre. Que pouvais-je inventer? Partir ailleurs? L'idée m'a quasiment fait pouffer de rire.

Pour confirmer l'état de mon esprit plus que pour le changer, je suis retourné dans la chambre où j'ai pris sombrement ma flûte. La partition que j'avais l'intention de jouer se trouvait déjà sur le pupitre, cornée et maculée : *Sonate n° 1 en la mineur*, de Bach. Le charmant andante d'ouverture, constitué d'une série d'arpèges enlevés, requiert une respiration techniquement impeccable pour rendre justice au phrasé, or, dès le début, je cours après mon souffle comme un voleur à l'étalage dans un supermarché, et la cohérence du morceau devient strictement imaginaire, souvenirs d'enregistrements entendus et plaqués sur le présent. À la quinzième mesure, soit deux mesures et demie après le début du presto, je trébuche sur les sauts d'octave mais continue de foncer tête baissée, tel un athlète s'obstinant malgré l'échec, pour achever le premier mouvement à bout de souffle et incapable de tenir la dernière note comme il convient. Parce que j'accroche la plupart des notes dans le bon ordre, je considère l'allégro comme mon morceau de bravoure. Je l'interprète avec une plate agressivité. L'adagio, douce mélodie méditative, me donne la mesure, chaque fois que je le joue, de l'imperfection de mes notes, trop fortes, trop faibles, jamais douces, jamais dans le ton, avec les trémolos toujours à contretemps. Idem pour les deux menuets de la fin, que je rends avec une opiniâtreté sèche, rigide, comme un singe tournant la manivelle d'un orgue de Barbarie. Telle était mon interprétation de la sonate de Bach, sans la moindre évolution aussi loin que je me souvienne.

Je me suis assis au bord du lit et relevé presque aussitôt. Et je suis retourné sur le balcon contempler une fois encore la ville étrangère. Dehors, sur une des pelouses, une petite fille est venue en chercher une autre plus petite qu'elle, et elles ont fait ensemble quelques pas chancelants. Futilité. Je suis rentré, j'ai regardé le réveil dans la chambre. Onze heures quarante. Fais quelque chose, vite! Je suis resté à écouter le tic-tac. J'ai déambulé d'une pièce à l'autre, sans le vouloir vraiment, surpris parfois de me retrouver dans la cuisine en train de tripoter le manche en plastique cassé de l'ouvre-boîte mural. Je suis entré dans le salon où j'ai passé vingt minutes à pianoter sur la reliure d'un livre. En milieu d'après-midi, j'ai téléphoné à l'horloge parlante et mis le réveil à l'heure exacte. J'ai passé un long moment assis sur la cuvette des cabinets et j'ai décidé de ne pas en bouger avant d'avoir prévu ce que j'allais faire ensuite. Je suis resté là plus de deux heures, à contempler mes genoux jusqu'au moment où ils ont perdu leur signification de membres. Je me serais bien coupé les ongles, c'eût été un début. Mais je n'avais pas de ciseaux! J'ai commencé à errer de nouveau d'une pièce à l'autre, puis, en milieu de soirée, je me suis endormi dans un fauteuil, fatigué de ne rien faire.

George au moins semblait apprécier mon talent de musicien. Il était monté un jour, après m'avoir entendu depuis le magasin, et avait demandé à voir ma flûte. Il m'a dit n'avoir jamais eu auparavant l'occasion d'en toucher vraiment une. Il s'est émerveillé de la complexité et de la précision des clefs et des tampons. Il m'a demandé de jouer quelques notes pour voir comment on la tenait, puis il a voulu que je lui montre la façon de sortir une note. Il a observé attentivement la partition sur le pupitre et dit qu'il trouvait «sensationnel» que les musiciens sachent traduire en sons cet embrouillamini de lignes et de ronds. Ces compositeurs qui réussissaient à inventer des symphonies entières avec des douzaines d'instruments jouant en même temps, ça le dépassait. J'ai dit que cela me dépassait aussi.

«La musique, a dit George avec un large geste du bras, c'est un art sacré.» D'habitude, lorsque je ne l'utilisais pas, je laissais ma flûte traîner, livrée à la poussière, montée et prête pour jouer. Là, je me suis retrouvé en train de démonter les trois morceaux, de les sécher soigneusement avant de ranger chacun, comme une poupée précieuse, dans la case de l'étui doublé de feutrine qui lui revenait.

George vivait en dehors de Los Angeles, dans Simi Valley, une bande de terre récemment conquise sur le désert. Il décrivait sa maison comme «vide et sentant encore la peinture fraîche». Il était séparé de sa femme et avait ses enfants deux week-ends par mois, deux garçons de sept et huit ans. Imperceptiblement, George est devenu mon hôte à Los Angeles. Il y était arrivé sans un sou à l'âge de vingt-deux ans, venant de New York. Aujourd'hui il gagnait presque quarante mille dollars par an et se sentait une responsabilité par rapport à la ville et à l'expérience que j'en aurais. Parfois, après le travail, George m'emmenait rouler sur l'autoroute dans sa Volvo neuve.

«Je veux que tu captes l'essence de la ville, la folie de sa démesure.

— Quel est ce bâtiment?» lui demandais-je comme nous passions rapidement devant un colosse illuminé, de style Troisième Reich, planté sur une colline verte, impeccable. George jetait un coup d'œil par sa vitre.

«J'en sais rien, une banque, ou un temple, ou un machin de ce genre.» Nous allions dans des bars, des bars à starlettes, des bars à «intellectuels» où venaient boire les scénaristes, des bars à lesbiennes, et un bar où les serveurs, de petits jeunes gens au visage lisse, étaient habillés en soubrettes victoriennes. Nous avons mangé dans un restaurant fondé en 1947 qui ne servait que des hamburgers et des tartes aux pommes, un endroit renommé et à la mode où les clients faisaient la queue comme des fantômes affamés dans le dos de ceux qui étaient assis.

Nous sommes allés dans un club où se produisaient, avec l'espoir de se faire remarquer, des chanteurs et des comiques. Une maigrichonne à la crinière flamboyante, vêtue d'un T-shirt à paillettes, termina sa chanson, susurrée avec passion, sur une note brutalement perchée dans des aigus impossibles à atteindre. Les conversations cessèrent. Quelqu'un, non sans malice peut-être, fit tomber un verre. À mi-course, la note a viré au vibrato et la chanteuse s'est effondrée dans une révérence indécente, les bras tendus devant elle, les poings serrés. Puis elle s'est dressée d'un bond sur la pointe des pieds, les bras levés bien haut au-dessus de la tête, les mains grandes ouvertes, comme pour anticiper l'ovation sporadique et indifférente.

« Elles veulent toutes être Barbara Streisand ou Liza Minnelli, a commenté George en sirotant un cocktail géant avec une paille de plastique rose. Sauf qu'aujourd'hui plus personne ne recherche ce genre de truc. »

Un homme aux épaules voûtées et à la tignasse hirsute et bouclée est entré en scène d'un pas traînant. Il a sorti le micro de son support pour l'approcher de ses lèvres, et il n'a rien dit. Les mots semblaient résister. Il portait une veste de toile bleue, râpée et maculée de boue, à même la peau, ses yeux étaient gonflés au point d'être presque fermés, et sous le droit courait une longue balafre qui se terminait au coin des lèvres et lui donnait des allures de clown partiellement maquillé. Sa lèvre inférieure tremblait et j'ai cru qu'il allait pleurer. La main qui ne tenait pas le micro tripotait une pièce et, en le regardant faire, j'ai remarqué les taches sur le jeans, oui, c'étaient bien des traces de vomissures. Les lèvres se sont ouvertes mais aucun son n'est sorti. Le public attendait patiemment. Quelque part, dans le fond de la salle, on a débouché une bouteille de vin. Lorsqu'il s'est finalement mis à parler, il s'agissait d'un faible murmure cassé, adressé à ses ongles.

« Je suis vraiment dans un sale état ! »

Le public se tordait de rire et l'encourageait, avant de se mettre à applaudir en martelant le sol. George et moi, gênés peut-être chacun par la présence de l'autre, nous sommes contentés de sourire. L'homme est revenu au micro avec le dernier applaudissement. Il parlait vite à présent, le regard toujours fixé sur ses doigts. Il lui arrivait de lancer un regard contrarié vers le fond de la salle et nous apercevions alors l'éclat du blanc de ses yeux. Il nous a raconté qu'il venait de rompre avec sa fiancée, et que, comme il s'éloignait de chez elle au volant de sa voiture, il s'était mis à pleurer, au point qu'il n'y voyait plus assez pour conduire et avait dû arrêter la voiture. Il envisageait de se tuer mais voulait lui dire adieu avant. Il avait roulé jusqu'à une cabine téléphonique mais elle était en dérangement, ce qui l'avait fait pleurer de nouveau. À ce moment, le public resté silencieux s'est mis à rire un peu. Il avait joint sa fiancée depuis un drugstore. Dès qu'elle a décroché et reconnu sa voix, elle aussi s'est mise à pleurer. Mais elle n'a pas voulu le voir. «Ça ne servira à rien, tout est inutile», disait-elle. Il a raccroché et hurlé de chagrin. Un employé du drugstore l'a prié de sortir parce qu'il dérangeait les autres clients. Il a arpenté la rue en méditant sur la vie et la mort, la pluie s'est mise à tomber, il a avalé de la trinitrine, il a tenté de vendre sa montre. Le public s'agitait, beaucoup de gens n'écoutaient plus. Il a tapé cinquante cents à un clochard. À travers ses larmes, il a cru voir une femme avorter d'un fœtus dans le caniveau pour se rendre compte, arrivé plus près, qu'il s'agissait de boîtes en carton et de vieilles fripes. Le bonhomme parlait désormais sur le bourdonnement de fond des conversations. Des serveuses circulaient entre les tables avec des plateaux d'argent. Tout à coup, l'artiste a levé la main en disant : «Voilà, merci à tous», avant de tirer sa révérence. Quelques personnes ont applaudi mais la plupart n'ont même pas remarqué sa sortie.

Peu de temps avant la date où je devais quitter Los Angeles, George m'a invité à passer la soirée du samedi dans sa maison. Je devais reprendre l'avion pour New York en fin de journée le lendemain. Il voulait que j'amène quelques amis pour faire une petite fête d'adieu, et il m'a demandé de venir avec ma flûte.

«J'ai vraiment envie d'être assis chez moi, a dit George, dans ma maison, avec un verre de vin, et de t'entendre jouer ce morceau.» Mary a appelé la première. Nous nous voyions épisodiquement depuis le fameux week-end. Elle venait de temps à autre passer l'après-midi dans mon appartement. Elle avait un autre amant avec qui elle vivait plus ou moins, mais elle n'en parlait pratiquement pas et cela n'avait jamais été un problème entre nous. Après avoir accepté de venir, Mary a voulu savoir si Terence serait là. Je lui avais relaté l'aventure de Terence avec Sylvie en lui exposant l'ambivalence de mes sentiments à son égard. Terence n'était pas reparti à San Francisco comme il en avait eu l'intention. Il avait fait la connaissance de quelqu'un qui avait un ami dans «le milieu des scénaristes» et attendait un contact. Lorsque je l'ai appelé, il a répondu par une parodie peu convaincante d'humour juif. «Cinq semaines que je suis en ville et on m'invite déjà?» J'ai décidé de prendre au sérieux le désir de George de m'entendre jouer de la flûte. J'ai répété gammes et arpèges et beaucoup travaillé les passages de la *Sonate n° 1* où je trébuchais toujours et, tout en jouant, j'imaginais Mary, George et Terence en train de m'écouter, un peu ivres et sous le charme, et mon cœur se mettait à battre plus vite.

Mary est arrivée en fin d'après-midi et, avant de passer prendre Terence, nous sommes restés un moment sur mon balcon à regarder le soleil en fumant un petit joint. J'avais envisagé, avant son arrivée, que nous pourrions peut-être coucher ensemble une dernière fois. Mais à présent qu'elle était là, que nous étions habillés pour sortir, il semblait plus approprié de bavarder. Mary m'a demandé ce que j'avais fait et je lui ai raconté l'épisode du night-club. Je ne savais pas trop si je devais présenter le gars comme un artiste dont le numéro était si subtil qu'il n'était pas drôle, ou comme un type de la rue qui avait réussi à monter sur scène.

«J'ai déjà vu des numéros de ce genre, ici, a dit Mary. Le principe, quand il fonctionne, est de faire ravaler son rire au spectateur. Ce qui était comique devient soudain douloureux.» J'ai demandé à Mary si, à son avis, il y avait une once de vérité dans l'histoire de mon bonhomme. Elle a hoché la tête.

«Tout le monde ici, dit Mary en faisant un grand geste en direction du soleil couchant, a un numéro de ce genre à son actif.

— Tu sembles le dire avec fierté», ai-je remarqué tandis que nous nous levions. Elle a souri et nous nous sommes tenu la main le temps d'un silence, pendant lequel l'image claire et nette des barres parallèles m'est revenue, sans raison; puis nous nous sommes retournés pour rentrer.

Terence nous attendait sur le trottoir, devant la maison où il résidait. Il portait un costume blanc et, lorsque nous nous sommes arrêtés, il était en train de piquer un œillet dans le revers de sa veste. La voiture de Mary n'avait que deux portières. J'ai dû descendre pour faire monter Terence mais, par la combinaison d'une habile manœuvre de sa part et d'une courtoisie obtuse de la mienne, je me suis retrouvé sur la banquette arrière en train de faire les présentations entre mes deux amis. Comme nous prenions l'autoroute, Terence s'est mis à poser à Mary une succession de questions polies et insistantes, et il était clair, depuis l'endroit où j'étais assis, juste derrière Mary, que pendant qu'elle répondait à une question, lui en était à formuler la suivante, ou à s'aplatir pour abonder systématiquement dans son sens.

« Oui, oui, disait-il, penché en avant pour boire ses paroles en croisant ses longs doigts pâles. On ne saurait dire les choses plus justement. » Quelle condescendance, pensais-je. Quelle flagornerie ! Pourquoi Mary en supporte-t-elle autant ? Mary disait que, pour elle, Los Angeles était la ville la plus excitante des États-Unis. Sans la laisser terminer, Terence en rajoutait dans la louange excessive.

« Je croyais que tu détestais cette ville », ai-je lancé avec aigreur. Mais Terence réglait déjà sa ceinture de sécurité et posait une autre question à Mary. Je me suis calé au fond de la banquette, et j'ai regardé le paysage en essayant de maîtriser mon agacement. Un peu plus tard, Mary se tordait le cou pour tenter de m'apercevoir dans le rétroviseur.

« Tu es bien silencieux derrière », a-t-elle jeté gaiement. Et moi de me précipiter dans une parodie furieuse.

« On ne saurait dire les choses plus justement, oui, oui. » Ni Terence ni Mary n'ont fait de commentaire. Mes paroles sont restées suspendues au-dessus de nos têtes, où elles semblaient se répéter à l'infini. J'ai ouvert ma vitre. Nous sommes arrivés à la maison de George après vingt-cinq minutes de silence ininterrompu entre nous.

Une fois les présentations terminées, nous sommes demeurés tous les trois au milieu de l'immense salon pendant que George nous préparait un verre au bar. Je tenais mon pupitre à musique et ma flûte dans son étui sous le bras, comme des armes. À part le bar, les seuls autres meubles étaient deux fauteuils mous en plastique jaune qui tranchaient sur la vaste surface vide recouverte d'une moquette marron. Des portes coulissantes occupaient un mur entier et donnaient sur un bout de jardin fait de sable et de cailloux, au centre duquel, fiché dans le béton, se dressait un de ces engins compliqués en forme d'arbre pour mettre le linge à sécher. Dans un coin poussait un buisson d'armoise anémique, vestige du vrai désert qui était encore là un an plus tôt. Terence, Mary et moi-même adressions des remarques à George mais n'échangions aucune parole entre nous.

«Tiens, a dit George lorsque nous nous sommes retrouvés tous les quatre à nous regarder mutuellement, un verre à la main, venez avec moi, je vais vous montrer les enfants.» Docilement, nous avons emboîté le pas à George, dans un étroit couloir couvert d'une moquette épaisse. Sur le seuil d'une chambre, nous avons observé deux petits garçons en train de lire des bandes dessinées, dans leurs lits superposés. Ils nous ont accordé un regard indifférent avant de replonger dans leur lecture.

De retour au salon, j'ai dit : «Ils sont bien calmes, George. Tu fais quoi, tu les bats?» George a pris ma question au sérieux et il s'en est suivi une discussion sur les châtiments corporels. George a dit qu'il lui arrivait de temps en temps de flanquer une claque sur les cuisses des gamins, quand il n'en venait pas à bout. Mais le but était moins de leur faire mal, a-t-il précisé, que de leur montrer qu'il ne plaisantait pas. Mary a répliqué qu'elle était absolument contre le fait de frapper un enfant, et Terence, surtout pour se faire remarquer à mon avis, ou peut-être pour me prouver qu'il pouvait se démarquer de Mary, a déclaré qu'une bonne raclée n'a jamais fait de mal à personne. Mary a ri, mais George, qui n'avait manifestement pas d'atomes crochus avec cet invité évanescent, un rien dandy et vautré sur sa moquette, semblait prêt à passer à l'attaque. George travaillait dur. Il se tenait droit, même lorsqu'il était dans le fauteuil mou.

« Vous avez été corrigé lorsque vous étiez gosse ? » a-t-il demandé en faisant circuler le scotch.

Terence a hésité avant de répondre : « Oui. » Ce qui m'a surpris. Son père était mort alors qu'il n'était pas encore né et Terence avait grandi dans le Vermont avec sa mère.

« Ta mère te battait ? ai-je demandé sans lui laisser le temps de s'inventer un père tyrannique fonctionnant à la cravache.

— Oui.

— Et vous ne pensez pas que ça vous a fait du mal ? a dit George. Je ne peux pas y croire. »

Terence a étiré ses jambes. « Pas le moindre mal, non. » Il parlait dans une espèce de bâillement qui aurait pu être simulé. Il montra son œillet rose. « Après tout, je suis là. »

Il y a eu un silence, puis George a insisté : « Vous n'avez jamais eu de problème de relations avec les femmes? » Je n'ai pas pu retenir un sourire.

Terence s'est redressé sur son siège. « Oh que si, a-t-il répondu. Votre ami anglais ici présent pourra en témoigner. » Terence faisait allusion à mon accès de colère dans la voiture. Mais j'ai précisé à George : « Terence adore raconter des histoires drôles à propos de ses fiascos. »

George s'est penché en avant pour occuper toute l'attention de Terence. « Comment pouvez-vous être sûr qu'il ne s'agit pas de séquelles des raclées que vous a flanquées votre mère? »

Le débit de Terence s'est accéléré. Je ne savais pas trop s'il était ravi ou furieux. « Il existera toujours des problèmes entre les hommes et les femmes, et tout le monde en souffre plus ou moins. Je cache moins de choses me concernant que la plupart des gens. Je suppose que vous ne vous êtes jamais fait botter les fesses par votre mère quand vous étiez gamin, mais cela signifie-t-il que vous n'ayez jamais eu de pannes avec les femmes? Soit dit en passant, où est votre femme...? »

L'intervention de Mary opéra avec la précision d'un bistouri.

« Moi, je n'ai été frappée qu'une seule et unique fois, par mon père, lorsque j'étais petite. Savez-vous en quelles circonstances? J'avais douze ans. Nous étions tous attablés pour le dîner, la famille au grand complet, et j'ai annoncé à tout le monde que je saignais entre les jambes. J'ai exhibé un index plein de sang pour que chacun puisse constater. Mon père s'est penché et m'a giflée par-dessus la table. Il m'a priée de ne pas être sale et m'a envoyée dans ma chambre. »

George s'est levé pour aller rechercher des glaçons en grinchant : « Absolument grotesque. » Terence s'est affalé sur le sol, le regard fixé sur le plafond, comme s'il était mort. Depuis la chambre arrivait le bruit des petits garçons qui chantaient, ou plus exactement psalmodiaient, car la même note se répétait sans cesse. J'ai fait remarquer à Mary qu'en Angleterre ce genre de conversation ne pourrait avoir lieu entre des personnes venant de se rencontrer.

« Et tu crois que c'est une bonne chose ? » a demandé Mary.

Terence s'en est mêlé : « Les Anglais ne se disent jamais rien. »

Et moi de signaler : « Entre ne rien dire et tout dire, la marge de choix est restreinte.

— Vous avez entendu les enfants ? a dit George en revenant.

— On a entendu une espèce de chant », lui a répondu Mary. George resservait du scotch et remettait des glaçons dans les verres.

« Ils ne chantaient pas. Ils priaient. Je leur ai appris à faire leur prière. » Par terre, Terence a grogné et George lui a lancé un regard méchant

« Je ne savais pas que tu étais chrétien, George, ai-je dit.

— Oh, tu sais, enfin... » George s'est enfoncé

dans son fauteuil. Il y a eu un silence, comme si nous rassemblions tous les quatre nos forces pour un nouvel assaut.

Mary se trouvait à présent dans le deuxième fauteuil mou, en face de George. Vautré sur le sol, Terence formait un muret entre eux et j'étais assis en tailleur à un mètre de ses pieds. George a rompu le premier le silence en s'adressant à Mary, par-dessus Terence.

«Je n'ai jamais trop pratiqué, mais...» Il cherchait ses mots, comme s'il avait un peu trop bu, me suis-je dit. «Mais j'ai toujours voulu donner un maximum de religion aux enfants pendant qu'ils étaient jeunes. J'imagine qu'ils en feront ce qu'ils voudront plus tard. Mais dans l'immédiat, ils ont un système de valeurs cohérent, qui en vaut bien un autre, plus toute cette panoplie d'histoires, vraiment bien, exotiques, et crédibles.»

Personne n'intervenant, George a poursuivi : «L'idée de Dieu leur plaît bien. Avec l'enfer et le paradis, le diable et les anges. Ils parlent beaucoup de ces sujets, et je ne suis jamais trop sûr de ce qu'ils recouvrent pour eux. Je suppose que c'est un peu comme le père Noël, ils y croient sans y croire. Ils aiment bien faire leur prière, même s'ils demandent des choses extravagantes. Pour eux, prier est une espèce de prolongation de... leur vie intérieure. Ils prient sur ce qui leur fait envie et ce qui leur fait peur. Ils vont à l'église toutes les semaines, c'est à peu près la seule chose sur laquelle Jean et moi soyons d'accord.»

Toute cette tirade s'adressait à Mary qui, tandis

que George parlait, hochait la tête et le regardait avec gravité. Terence avait fermé les yeux. À présent qu'il en avait terminé, George nous regardait successivement, attendant la contestation. Nous avons bougé. Terence s'est redressé sur un coude. Personne n'a dit un mot.

« Je ne vois pas en quoi une petite cure des bonnes vieilles pratiques religieuses pourrait leur faire du mal », a insisté George.

Mary a parlé en s'adressant au tapis. « Je n'en suis pas si sûre. On peut quand même adresser des tas de griefs au christianisme. Et dans la mesure où vous n'êtes pas croyant vous-même, il serait bien d'en dire un mot.

— D'accord, a dit George. J'écoute. »

Mary s'est d'abord exprimée avec circonspection. « Eh bien, pour commencer, la Bible est un livre écrit par des hommes, pour des hommes, qui fait le portrait d'un Dieu fort masculin, qui va jusqu'à ressembler à un homme dans la mesure où il a créé l'homme à son image. Cela me paraît bien suspect, relevant d'un fantasme strictement masculin...

— Une minute, a dit George.

— D'autre part, a poursuivi Mary, les femmes n'ont franchement pas le beau rôle dans le christianisme. Par le biais du Péché Originel, elles sont tenues pour responsables de tous les maux de la planète depuis le Jardin d'Éden. Les femmes sont faibles, impures, condamnées à enfanter dans la douleur en châtiment des erreurs commises par Ève, elles sont les tentatrices qui détournent l'homme de Dieu ; comme si les femmes étaient plus coupables que l'homme lui-même des pulsions sexuelles de ce dernier ! Pour reprendre l'expression de Simone de Beauvoir, la femme, c'est toujours "l'autre", tout se passe en réalité entre un homme dans le ciel et les hommes sur terre. En fait, la femme n'existe que comme sorte de repentir divin, façonnée après coup à partir d'une côtelette pour tenir compagnie à l'homme et repasser ses chemises, le plus grand service que puisse attendre d'elle la chrétienté étant qu'elle évite la souillure sexuelle, reste chaste tout en se débrouillant pour faire un bébé afin de se montrer à la hauteur de l'idéal féminin du christianisme — la Sainte Vierge.» Mary s'enflammait à présent et son regard fusillait George.

«Pas si vite, disait-il, vous ne pouvez pas plaquer ces théories MLF sur des sociétés vieilles de plusieurs millénaires. Le christianisme s'est exprimé avec les moyens disponibles à...»

À peu près au même moment, Terence intervenait aussi. «Un autre grief que l'on peut faire au christianisme est qu'il mène à l'acceptation passive des inégalités sociales, sous prétexte que la véritable rétribution se fait après...»

Et Mary de surenchérir en coupant George. «Le christianisme a donné l'idéologie sexiste d'aujourd'hui, et le capitalisme...

— Vous êtes communiste ?» s'est fâché George, mais je ne savais pas exactement à qui était adressée la question. Terence continuait sur sa lancée. Je l'ai entendu parler des Croisades et de l'Inquisition.

« Aucun rapport avec le christianisme », hurlait quasiment George. Le visage rouge d'indignation.

« Plus de mal perpétré au nom du Christ que... cela n'a rien à voir... la persécution des femmes herboristes accusées de sorcellerie... Conneries. N'importe quoi... la corruption, la vénalité, le soutien de tyrans, l'accumulation de richesses sur les autels... déesse de la fécondité... conneries... sacralisation du phallus... prenez Galilée... aucun rapport... »

Je n'ai plus entendu grand-chose car, entre-temps, je me suis mis à hurler mon couplet sur le christianisme. Il était impossible de se taire. George pointait un index rageur en direction de Terence. Mary était penchée en avant pour tenter d'attraper George par la manche afin de lui dire quelque chose. La bouteille était couchée et vide, quelqu'un avait renversé les glaçons. Pour la première fois de ma vie, j'avais des choses urgentes à dire sur le christianisme, la violence, l'Amérique, tout, et je réclamais la parole avant que mes pensées s'envolent.

« ... en commençant à y réfléchir avec objectivité... en chaire pour fustiger les travailleurs et leurs grèves... objectivité ? Vous voulez dire en homme. Il n'existe de réalité aujourd'hui que mascu... toujours un Dieu violent... le grand capitaliste là-haut dans le ciel... l'idéologie protectrice des classes dominantes nie le conflit qui oppose l'homme à la femme... conneries, rien que des conneries...»

Tout à coup, j'ai entendu une nouvelle voix résonner à mes oreilles. La mienne. Je parlais dans un silence bref, épuisé.

«... traversais les États-Unis en voiture, j'ai vu un panneau sur l'Interstate 70, dans l'Illinois, qui disait : "Avec Dieu, du courage et des fusils, nous avons bâti l'Amérique. Nous garderons les trois."

— Ha ! » se sont exclamés triomphalement Terence et Mary. George était debout, un verre vide à la main.

« C'est exact, s'est-il écrié. C'est la vérité. Vous pouvez critiquer, mais c'est la stricte vérité. Ce pays a un passé violent, des tas d'hommes courageux sont morts en faisant...

— Des hommes ! a répété Mary.

— D'accord, il y a eu aussi des tas de femmes courageuses. L'Amérique s'est faite à la force du fusil. C'est une réalité incontournable. » George a traversé la pièce à grandes enjambées jusqu'au bar pour sortir un objet noir de derrière les bouteilles. « J'ai un revolver rangé ici, a-t-il dit en levant l'arme pour que nous la voyions bien.

— Pour quoi faire ? a demandé Mary.

— Quand on a des gosses, on se met à avoir une autre attitude par rapport à la vie et la mort. Je n'ai jamais eu d'arme à feu à la maison avant que les enfants soient là. Maintenant, je crois que je tirerais sur quiconque menace leur existence.

— C'est un vrai revolver ? » ai-je demandé. George est revenu vers nous, le fusil dans une main et une nouvelle bouteille de scotch dans l'autre. «Un peu, que c'est un vrai revolver!» Il était très petit et ne dépassait pas la paume ouverte de George.

«Faites-moi voir ça, a dit Terence.

— Il est chargé», a prévenu George en le lui tendant. L'arme semblait exercer un effet apaisant sur nous tous. Nous avions cessé de crier, nous parlions calmement en sa présence. Pendant que Terence examinait l'arme, George a rempli les verres. En s'asseyant, il m'a rappelé ma promesse de jouer de la flûte. Il y a eu quelques instants de silence un peu vague, seulement interrompu par George pour nous annoncer qu'après ce verre nous passerions à table. Mary était perdue dans ses réflexions. Elle faisait tourner lentement son verre entre le pouce et l'index. Appuyé sur les coudes, je me suis mis a retracer la conversation que nous venions d'avoir. Je voulais me souvenir de ce qui nous avait conduits à ce brusque silence.

Puis Terence a ôté le cran de sûreté et visé la tête de George.

«Les mains en l'air, chrétien», a-t-il ordonné mollement.

George n'a pas bouge. Il a dit : «Vous ne devriez pas chahuter avec un revolver.» Terence a resserré son emprise. Évidemment, qu'il chahutait, mais je voyais cependant son doigt posé sur la détente, et il commençait à appuyer.

«Terence!» a chuchoté Mary en lui touchant doucement le dos du bout de son pied. Sans cesser de surveiller Terence, George a avalé une gorgée de son scotch. Terence a utilisé sa seconde main pour maintenir l'arme pointée en pleine figure de George.

« À mort les possesseurs d'armes à feu. » Terence parlait sans la moindre pointe d'humour. J'ai voulu dire son nom, moi aussi, mais aucun son ou presque ne sortait de ma gorge. Lorsque j'ai fait une nouvelle tentative, j'ai dans ma panique galopante dit une chose parfaitement absurde.

« Qui c'est ? » Terence a appuyé sur la détente.

À partir de cet instant, la soirée a sombré dans les politesses conventionnelles, labyrinthiques, auxquelles les Américains excellent mieux encore que les Anglais lorsqu'ils le désirent. George était le seul à avoir vu Terence retirer les balles du chargeur, ce qui nous liait, Mary et moi, dans un état de choc relatif mais prolongé. Nous avons mangé de la salade avec de la viande froide, dans des assiettes posées sur nos genoux. George a questionné Terence à propos de sa thèse sur Orwell et des débouchés de la carrière enseignante. Terence a interrogé George sur son commerce, la partie location de mobilier de réception et les articles médicaux. Mary a répondu à des questions sur son travail dans la librairie féministe, de façon anodine, en évitant soigneusement toute déclaration susceptible de provoquer un débat. Pour finir, on m'a prié de développer mes projets de voyage, ce dont je me suis acquitté avec un luxe de détails ennuyeux. J'ai expliqué que je passerais une semaine à Amsterdam avant de rentrer à Londres. Terence et George se sont crus obligés d'y aller chacun d'un couplet de plusieurs minutes chantant les louanges d'Amsterdam, alors qu'ils n'avaient manifestement pas vu la même ville.

Ensuite, pendant que les autres buvaient du café et bâillaient, j'ai joué de la flûte. J'ai interprété ma sonate de Bach, pas plus mal que de coutume, avec peut-être un peu plus d'assurance parce que j'étais ivre, mais tout en moi regimbait contre ce morceau. Oui, j'en avais assez de cette musique, assez de moi qui la jouais encore. Tandis que les notes passaient de la partition au bout de mes doigts, je me disais : J'en suis toujours à jouer ce morceau ? J'entendais encore l'écho de nos éclats de voix, je voyais le revolver noir dans la main ouverte de George, le comédien qui surgissait de nouveau de l'ombre pour s'emparer du micro, je me voyais, des mois plus tôt, quittant Buffalo au volant d'une voiture à livrer à San Francisco, criant de joie par-dessus le rugissement du vent par les vitres ouvertes : C'est moi, je suis là, j'arrive... où était-elle la musique de toutes ces choses ? Pourquoi est-ce que je ne la cherchais même pas ? Pourquoi est-ce que je continuais à faire ce que j'étais incapable de faire, jouer la musique d'une autre époque, d'une autre civilisation, dont la conviction et la perfection étaient pour moi un leurre et un mensonge autant qu'elles avaient pu être, et étaient peut-être toujours, une vérité pour d'autres. Je devrais chercher quoi ? (J'ai mouliné le second mouvement.) Quelque chose de difficile, de gratuit. J'ai songé aux histoires que Terence racontait sur lui-même, à sa façon de jouer avec le revolver, aux expériences de Mary sur sa propre personne, à moi pianotant sur la reliure d'un livre dans un moment de vide, à cette ville vaste et morcelée, qui n'avait ni centre ni citoyens, une ville qui n'existait que dans la tête, une combinaison de changement et de stagnation dans la vie des individus. Image et idée se fracassaient l'une après l'autre, lourdes d'alcool, la dissonance enflait à chaque mesure d'implicite harmonie et de logique inexorable. Le temps d'un bref silence, j'ai regardé derrière la partition, là où mes amis étaient vautrés sur le sol. Leur image ensuite a continué de briller un moment sur la page de musique. Peut-être, sûrement même, que nous ne nous reverrions jamais plus, tous les quatre, et devant tant de banale perspicacité ma musique devenait inepte dans sa rationalité, dérisoire dans sa surdétermination. Laisse-la à d'autres, à des professionnels capables d'évoquer les jours anciens de sa vérité. Pour moi, elle n'était rien, à présent que je savais ce que je voulais. Cette échappatoire feutrée... Cette grille de mots croisés aux cases déjà remplies, je ne pouvais plus la jouer.

Je me suis interrompu pendant le mouvement lent, et j'ai levé les yeux J'allais dire . «Je ne peux pas continuer», mais les trois autres s'étaient levés et applaudissaient avec un grand sourire. Singeant les mélomanes dans les salles de concert, Terence et George ont crié : «Bravo! Bravissimo!» dans leurs mains disposées en porte-voix. Mary s'est avancée pour m'embrasser sur la joue en m'offrant un bouquet imaginaire. Submergé de nostalgie pour un pays que je n'avais pas encore quitté, je n'ai pas pu faire moins que m'incliner en un profond salut, les fleurs serrées contre mon cœur.

Puis Mary a dit : « On y va. Je suis fatiguée. »

Masques	9
Pornographie	63
Psychopolis	91

DÉCOUVREZ LES FOLIO 2 €

parutions de janvier 2008

ANONYME *Le pavillon des Parfums-Réunis* et autres nouvelles chinoises des Ming

Mélange de poésie, de raffinement et d'érotisme délicat, ces nouvelles des Ming nous entraînent dans un voyage sensuel et chatoyant.

CICÉRON *« Le bonheur dépend de l'âme seule » Tusculanes, livre V*

Avec clarté et pragmatisme, Cicéron se propose de nous guider sur les chemins de la sagesse et du bonheur.

Thomas DAY *L'automate de Nuremberg*

Sur fond de campagnes napoléoniennes, un voyage initiatique à la croisée des genres pour entrer dans l'univers de Thomas Day.

Lafcadio HEARN *Ma première journée en Orient* suivi de *Kizuki le sanctuaire le plus ancien du Japon*

Pour découvrir le Japon, ses mystères et ses charmes, quel meilleur guide qu'un poète voyageur ? Suivez-le…

Rudyard KIPLING *Une vie gaspillée* et autres nouvelles

Une chronique de l'Inde victorienne pleine de finesse et d'humour par l'auteur du *Livre de la jungle*.

D. H. LAWRENCE *L'épine dans la chair* et autres nouvelles

L'auteur de *L'Amant de lady Chatterley* nous offre trois portraits de femmes prisonnières des convenances, mais aussi de leurs désirs.

Luigi PIRANDELLO *Eau amère* et autre nouvelles

Quelques nouvelles aussi acides que malicieuses sur les relations entre les hommes et les femmes.

Jules VERNE *Les révoltés de la Bounty* suivi de *Maître Zacharius*

Respirez l'air du large et embarquez sous les ordres du capitaine Verne pour une aventure devenue légendaire !

Anne WIAZEMSKY *L'île*

Les rêves et les inquiétudes d'une femme amoureuse racontés avec sensibilité et tendresse par l'auteur de *Jeune fille*.

Et dans la série « Femmes de lettres » :

Simone de BEAUVOIR *La femme indépendante*
Agrégée de philosophie, unie à Jean-Paul Sartre par un long compagnonnage affectif et intellectuel, Simone de Beauvoir (1908-1986) publie en 1949 *Le deuxième sexe*, dont on trouvera ici quelques pages marquantes. Ce texte fait d'elle l'une des grandes figures du féminisme du XXe siècle et lui assure une renommée internationale.

Dans la même collection

R. AKUTAGAWA	*Rashômon* et autres contes (Folio n° 3931)
AMARU	*La Centurie. Poèmes amoureux de l'Inde ancienne* (Folio n° 4549)
M. AMIS	*L'état de l'Angleterre* précédé de *Nouvelle carrière* (Folio n° 3865)
H. C. ANDERSEN	*L'elfe de la rose* et autres contes du jardin (Folio n° 4192)
ANONYME	*Conte de Ma'rûf le savetier* (Folio n° 4317)
ANONYME	*Le poisson de jade et l'épingle au phénix* (Folio n° 3961)
ANONYME	*Saga de Gísli Súrsson* (Folio n° 4098)
G. APOLLINAIRE	*Les Exploits d'un jeune don Juan* (Folio n° 3757)
ARAGON	*Le collaborateur* et autres nouvelles (Folio n° 3618)
I. ASIMOV	*Mortelle est la nuit* précédé de *Chante-cloche* (Folio n° 4039)
S. AUDEGUY	*Petit éloge de la douceur* (Folio n° 4618)
AUGUSTIN (SAINT)	*La Création du monde et le Temps* suivi de *Le Ciel et la Terre* (Folio n° 4322)

J. AUSTEN	*Lady Susan* (Folio n° 4396)
H. DE BALZAC	*L'Auberge rouge* (Folio n° 4106)
H. DE BALZAC	*Les dangers de l'inconduite* (Folio n° 4441)
T. BENACQUISTA	*La boîte noire* et autres nouvelles (Folio n° 3619)
K. BLIXEN	*L'éternelle histoire* (Folio n° 3692)
BOILEAU-NARCEJAC	*Au bois dormant* (Folio n° 4387)
M. BOULGAKOV	*Endiablade* (Folio n° 3962)
R. BRADBURY	*Meurtres en douceur* et autres nouvelles (Folio n° 4143)
L. BROWN	*92 jours* (Folio n° 3866)
S. BRUSSOLO	*Trajets et itinéraires de l'oubli* (Folio n° 3786)
J. M. CAIN	*Faux en écritures* (Folio n° 3787)
MADAME CAMPAN	*Mémoires sur la vie privée de Marie-Antoinette* (Folio n° 4519)
A. CAMUS	*Jonas ou l'artiste au travail* suivi de *La pierre qui pousse* (Folio n° 3788)
A. CAMUS	*L'été* (Folio n° 4388)
T. CAPOTE	*Cercueils sur mesure* (Folio n° 3621)
T. CAPOTE	*Monsieur Maléfique* et autres nouvelles (Folio n° 4099)
A. CARPENTIER	*Les Élus* et autres nouvelles (Folio n° 3963)
C. CASTANEDA	*Stopper-le-monde* (Folio n° 4144)
M. DE CERVANTÈS	*La petite gitane* (Folio n° 4273)
R. CHANDLER	*Un mordu* (Folio n° 3926)
G. K. CHESTERTON	*Trois enquêtes du Père Brown* (Folio n° 4275)
E. M. CIORAN	*Ébauches de vertige* (Folio n° 4100)

COLLECTIF	*Au bonheur de lire* (Folio n° 4040)
COLLECTIF	« *Dansons autour du chaudron* » (Folio n° 4274)
COLLECTIF	*Des mots à la bouche* (Folio n° 3927)
COLLECTIF	« *Il pleut des étoiles* » (Folio n° 3864)
COLLECTIF	« *Leurs yeux se rencontrèrent...* » (Folio n° 3785)
COLLECTIF	« *Ma chère Maman...* » (Folio n° 3701)
COLLECTIF	« *Mon cher Papa...* » (Folio n° 4550)
COLLECTIF	« *Mourir pour toi* » (Folio n° 4191)
COLLECTIF	« *Parce que c'était lui ; parce que c'était moi* » (Folio n° 4097)
COLLECTIF	*Un ange passe* (Folio n° 3964)
COLLECTIF	*1, 2, 3... bonheur !* (Folio n° 4442)
CONFUCIUS	*Les Entretiens* (Folio n° 4145)
J. CONRAD	*Jeunesse* (Folio n° 3743)
B. CONSTANT	*Le Cahier rouge* (Folio n° 4639)
J. CORTÁZAR	*L'homme à l'affût* (Folio n° 3693)
J. CRUMLEY	*Tout le monde peut écrire une chanson triste* et autres nouvelles (Folio n° 4443)
D. DAENINCKX	*Ceinture rouge* précédé de *Corvée de bois* (Folio n° 4146)
D. DAENINCKX	*Leurre de vérité* et autres nouvelles (Folio n° 3632)
R. DAHL	*Gelée royale* précédé de *William et Mary* (Folio n° 4041)
R. DAHL	*L'invité* (Folio n° 3694)
S. DALI	*Les moustaches radar (1955-1960)* (Folio n° 4101)

M. DÉON	*Une affiche bleue et blanche* et autres nouvelles (Folio n° 3754)
R. DEPESTRE	*L'œillet ensorcelé* et autres nouvelles (Folio n° 4318)
R. DETAMBEL	*Petit éloge de la peau* (Folio n° 4482)
P. K. DICK	*Ce que disent les morts* (Folio n° 4389)
D. DIDEROT	*Lettre sur les aveugles à l'usage de ceux qui voient* (Folio n° 4042)
R. DUBILLARD	*Confession d'un fumeur de tabac français* (Folio n° 3965)
A. DUMAS	*La Dame pâle* (Folio n° 4390)
M. EMBARECK	*Le temps des citrons* (Folio n° 4596)
S. ENDO	*Le dernier souper* et autres nouvelles (Folio n° 3867)
ÉPICTÈTE	*De la liberté* précédé de *De la profession de Cynique* (Folio n° 4193)
W. FAULKNER	*Le Caïd* et autres nouvelles (Folio n° 4147)
W. FAULKNER	*Une rose pour Emily* et autres nouvelles (Folio n° 3758)
C. FÉREY	*Petit éloge de l'excès* (Folio n° 4483)
F. S. FITZGERALD	*La Sorcière rousse* précédé de *La coupe de cristal taillé* (Folio n° 3622)
F. S. FITZGERALD	*Une vie parfaite* suivi de *L'accordeur* (Folio n° 4276)
É. FOTTORINO	*Petit loge de la bicyclette* (Folio n° 4619)
C. FUENTES	*Apollon et les putains* (Folio n° 3928)
C. FUENTES	*La Desdichada* (Folio n° 4640)
GANDHI	*La voie de la non-violence* (Folio n° 4148)
R. GARY	*Une page d'histoire* et autres nouvelles (Folio n° 3753)

MADAME DE GENLIS	*La Femme auteur* (Folio n° 4520)
J. GIONO	*Arcadie… Arcadie…* précédé de *La pierre* (Folio n° 3623)
J. GIONO	*Prélude de Pan* et autres nouvelles (Folio n° 4277)
V. GOBY	*Petit éloge des grandes villes* (Folio n° 4620)
N. GOGOL	*Une terrible vengeance* (Folio n° 4395)
W. GOLDING	*L'envoyé extraordinaire* (Folio n° 4445)
W. GOMBROWICZ	*Le festin chez la comtesse Fritouille* et autres nouvelles (Folio n° 3789)
H. GUIBERT	*La chair fraîche et autres textes* (Folio n° 3755)
E. HEMINGWAY	*L'étrange contrée* (Folio n° 3790)
E. HEMINGWAY	*Histoire naturelle des morts* et autres nouvelles (Folio n° 4194)
C. HIMES	*Le fantôme de Rufus Jones* et autres nouvelles (Folio n° 4102)
E. T. A. HOFFMANN	*Le Vase d'or* (Folio n° 3791)
J. K. HUYSMANS	*Sac au dos* suivi de *À vau l'eau* (Folio n° 4551)
P. ISTRATI	*Mes départs* (Folio n° 4195)
H. JAMES	*Daisy Miller* (Folio n° 3624)
H. JAMES	*Le menteur* (Folio n° 4319)
JI YUN	*Des nouvelles de l'au-delà* (Folio n° 4326)
T. JONQUET	*La folle aventure des Bleus…* suivi de *DRH* (Folio n° 3966)
F. KAFKA	*Lettre au père* (Folio n° 3625)
J. KEROUAC	*Le vagabond américain en voie de disparition* précédé de *Grand voyage en Europe* (Folio n° 3694)
J. KESSEL	*Makhno et sa juive* (Folio n° 3626)

R. KIPLING	*La marque de la Bête* et autres nouvelles (Folio n° 3753)
J.-M. LACLAVETINE	*Petit éloge du temps présent* (Folio n° 4484)
LAO SHE	*Histoire de ma vie* (Folio n° 3627)
LAO-TSEU	*Tao-tö king* (Folio n° 3696)
V. LARBAUD	*Mon plus secret conseil...* (Folio n° 4553)
J. M. G. LE CLÉZIO	*Peuple du ciel* suivi de *Les bergers* (Folio n° 3792)
J. LONDON	*La piste des soleils et autres nouvelles* (Folio n° 4320)
P. LOTI	*Les trois dames de la Kasbah* suivi de *Suleïma* (Folio n° 4446)
H. P. LOVECRAFT	*La peur qui rôde* et autres nouvelles (Folio n° 4194)
P. MAGNAN	*L'arbre* (Folio n° 3697)
K. MANSFIELD	*Mariage à la mode* précédé de *La Baie* (Folio n° 4278)
MARC AURÈLE	*Pensées (Livres I-VI)* (Folio n° 4447)
MARC AURÈLE	*Pensées (Livres VII-XII)* (Folio n° 4552)
G. DE MAUPASSANT	*Le Verrou et autres contes grivois* (Folio n° 4149)
I. McEWAN	*Psychopolis* et autres nouvelles (Folio n° 3628)
H. MELVILLE	*Les Encantadas, ou Îles Enchantées* (Folio n° 4391)
P. MICHON	*Vie du père Foucault – Vie de Georges Bandy* (Folio n° 4279)
H. MILLER	*Lire aux cabinets* précédé de *Ils étaient vivants et ils m'ont parlé* (Folio n° 4554)
H. MILLER	*Plongée dans la vie nocturne...* précédé de *La boutique du Tailleur* (Folio n° 3929)

R. MILLET	*Petit éloge d'un solitaire* (Folio n° 4485)
S. MINOT	*Une vie passionnante* et autres nouvelles (Folio n° 3967)
Y. MISHIMA	*Dojoji* et autres nouvelles (Folio n° 3629)
Y. MISHIMA	*Martyre* précédé de *Ken* (Folio n° 4043)
M. DE MONTAIGNE	*De la vanité* (Folio n° 3793)
E. MORANTE	*Donna Amalia* et autres nouvelles (Folio n° 4044)
A. DE MUSSET	*Emmeline* suivi de *Croisilles* (Folio n° 4555)
V. NABOKOV	*Un coup d'aile* suivi de *La Vénitienne* (Folio n° 3930)
I. NÉMIROVSKY	*Ida* suivi de *La comédie bourgeoise* (Folio n° 4556)
P. NERUDA	*La solitude lumineuse* (Folio n° 4103)
F. NIWA	*L'âge des méchancetés* (Folio n° 4444)
G. OBLÉGLY	*Petit éloge de la jalousie* (Folio n° 4621)
F. O'CONNOR	*Un heureux événement* suivi de *La Personne Déplacée* (Folio n° 4280)
K. OÉ	*Gibier d'élevage* (Folio n° 3752)
L. OULITSKAÏA	*La maison de Lialia* et autres nouvelles (Folio n° 4045)
C. PAVESE	*Terre d'exil* et autres nouvelles (Folio n° 3868)
C. PELLETIER	*Intimités* et autres nouvelles (Folio n° 4281)
P. PELOT	*Petit éloge de l'enfance* (Folio n° 4392)
PIDANSAT DE MAIROBERT	*Confession d'une jeune fille* (Folio n° 4392)

L. PIRANDELLO	*Première nuit* et autres nouvelles (Folio n° 3794)
E. A. POE	*Aventure sans pareille d'un certain Hans Pfaall* (Folio n° 3862)
E. A. POE	*Petite discussion avec une momie et autres histoires extraordinaires* (Folio n° 4558)
J.-B. POUY	*La mauvaise graine* et autres nouvelles (Folio n° 4321)
M. PROUST	*L'affaire Lemoine* (Folio n° 4325)
QIAN ZHONGSHU	*Pensée fidèle* suivi de *Inspiration* (Folio n° 4324)
R. RENDELL	*L'Arbousier* (Folio n° 3620)
J. RHYS	*À septembre, Petronella* suivi de *Qu'ils appellent ça du jazz* (Folio n° 4448)
R. M. RILKE	*Au fil de la vie* (Folio n° 4557)
P. ROTH	*L'habit ne fait pas le moine* précédé de *Défenseur de la foi* (Folio n° 3630)
D. A. F. DE SADE	*Ernestine. Nouvelle suédoise* (Folio n° 3698)
D. A. F. DE SADE	*La Philosophie dans le boudoir* (Les quatre premiers dialogues) (Folio n° 4150)
A. DE SAINT-EXUPÉRY	*Lettre à un otage* (Folio n° 4104)
G. SAND	*Pauline* (Folio n° 4522)
B. SANSAL	*Petit éloge de la mémoire* (Folio n° 4486)
J.-P. SARTRE	*L'enfance d'un chef* (Folio n° 3932)
B. SCHLINK	*La circoncision* (Folio n° 3869)
B. SCHULZ	*Le printemps* (Folio n° 4323)
L. SCIASCIA	*Mort de l'Inquisiteur* (Folio n° 3631)

SÉNÈQUE	*De la constance du sage* suivi de *De la tranquillité de l'âme* (Folio n° 3933)
D. SHAHAR	*La moustache du pape* et autres nouvelles (Folio n° 4597)
G. SIMENON	*L'énigme de la* Marie-Galante (Folio n° 3863)
D. SIMMONS	*Les Fosses d'Iverson* (Folio n° 3968)
J. B. SINGER	*La destruction de Kreshev* (Folio n° 3871)
P. SOLLERS	*Liberté du XVIIIème* (Folio n° 3756)
G. STEIN	*La brave Anna* (Folio n° 4449)
STENDHAL	*Féder ou Le Mari d'argent* (Folio n° 4197)
R. L. STEVENSON	*Le Club du suicide* (Folio n° 3934)
I. SVEVO	*L'assassinat de la Via Belpoggio* et autres nouvelles (Folio n° 4151)
R. TAGORE	*La petite mariée* suivi de *Nuage et soleil* (Folio n° 4046)
J. TANIZAKI	*Le coupeur de roseaux* (Folio n° 3969)
J. TANIZAKI	*Le meurtre d'O-Tsuya* (Folio n° 4195)
A. TCHEKHOV	*Une banale histoire* (Folio n° 4105)
L. TOLSTOÏ	*Le réveillon du jeune tsar* et autres contes (Folio n° 4199)
I. TOURGUÉNIEV	*Clara Militch* (Folio n° 4047)
M. TOURNIER	*Lieux dits* (Folio n° 3699)
E. TRIOLET	*Les Amants d'Avignon* (Folio n° 4521)
M. TWAIN	*Un majestieux fossile littéraire* et autres nouvelles (Folio n° 4598)
M. VARGAS LLOSA	*Les chiots* (Folio n° 3760)
P. VERLAINE	*Chansons pour elle* et autres poèmes érotiques (Folio n° 3700)

L. DE VINCI	*Prophéties* précédé de *Philosophie et Aphorismes* (Folio n° 4282)
R. VIVIEN	*La Dame à la louve* (Folio n° 4518)
VOLTAIRE	*Traité sur la Tolérance* (Folio n° 3870)
VOLTAIRE	*Le Monde comme il va* et autres contes (Folio n° 4450)
WANG CHONG	*De la mort* (Folio n° 4393)
H. G. WELLS	*Un rêve d'Armageddon* précédé de *La porte dans le mur* (Folio n° 4048)
E. WHARTON	*Les lettres* (Folio n° 3935)
O. WILDE	*La Ballade de la geôle de Reading* précédé de *Poèmes* (Folio n° 4200)
R. WRIGHT	*L'homme qui a vu l'inondation* suivi de *Là-bas, près de la rivière* (Folio n° 4641)
R. WRIGHT	*L'homme qui vivait sous terre* (Folio n° 3970)
M. YOURCENAR	*Le Coup de Grâce* (Folio n° 4394)

Composition et impression
Société Nouvelle Firmin-Didot
à Mesnil-sur-l'Estrée, le 2 avril 2008.
Dépôt légal : avril 2008.
1ᵉʳ dépôt légal dans la collection : novembre 2001.
Numéro d'imprimeur : 89803.

ISBN 978-2-07-042209-8/Imprimé en France.

160293